해방

해방

발행일 2021년 5월 17일

지은이 장종원
펴낸이 손형국
펴낸곳 (주)북랩
편집인 선일영   **편집** 정두철, 윤성아, 배진용, 김현아, 박준
디자인 이현수, 한수희, 김윤주, 허지혜   **제작** 박기성, 황동현, 구성우, 권태련
마케팅 김회란, 박진관
출판등록 2004. 12. 1(제2012-000051호)
주소 서울특별시 금천구 가산디지털 1로 168, 우림라이온스밸리 B동 B113~114호, C동 B101호
홈페이지 www.book.co.kr
전화번호 (02)2026-5777   **팩스** (02)2026-5747

ISBN 979-11-6539-769-2 03810 (종이책)   979-11-6539-770-8 05810 (전자책)

(주)북랩 성공출판의 파트너

북랩 홈페이지와 패밀리 사이트에서 다양한 출판 솔루션을 만나 보세요!

홈페이지 book.co.kr • **블로그** blog.naver.com/essaybook • **출판문의** book@book.co.kr

---

작가 연락처 문의 ▶ ask.book.co.kr

작가 연락처는 개인정보이므로 북랩에서 알려드릴 수 없습니다.

하임 장편소설

해 방
Liberation

북랩 book Lab

작가의 말

우리는 사회주의를 알아야 합니다. 자본주의에서 살고 있기 때문에 그와 반대되는 것도 알아야 하지요.

사회주의는 인간의 본성에 대한 무지로 만들어진 경제체제입니다. 사회주의는 도덕적으로 보이지만 옳은 것은 아닙니다. 막상 실체를 까 보면 도덕적이지도 않고요. 그렇기에 사회주의자가 숨기는 중요한 진실을 알리고자 책을 썼습니다.

사회주의자는 대중을 우매한 존재로 봅니다. 그래서 정의로운 자신이 먹이를 줘야 하는 것이라고 생각합니다. 그렇지만 우리는 위대한 한 개인입니다. 늘 투쟁하고 노력하는 하나의 주체입니다.

사회주의자가 울부짖는 비난의 함성은 진실의 채찍과 같이 아프지만 우리가 나아가야 하는 길입니다.

그리고 대중들은 사회주의에 반대하는 사람을 지지해야 합니다. 사회주의자들을 무서워하지 않도록요.

이 책을 통해 독자들이 사회주의의 실체를 알면 좋겠습니다. 그들이 무슨 생각을 하고 있는지, 어떤 행동을 하는지, 무엇을 추구하는지 그 진짜 목적을 보았으면 좋겠습니다. 그리고 그들의 속임수에 당하지 않았으면 합니다.

이 책은 대체로 사회주의자의 입장에서 말하지만 동시에 말하는 중간 그가 내던지는 질문거리에 대해서 한 번 생각하기를 바랍니다.

스노볼의 마지막 말은 스노볼이 아닌 저자가 사회주의로부터 해방을 이루기를 염원하며 쓴 글입니다

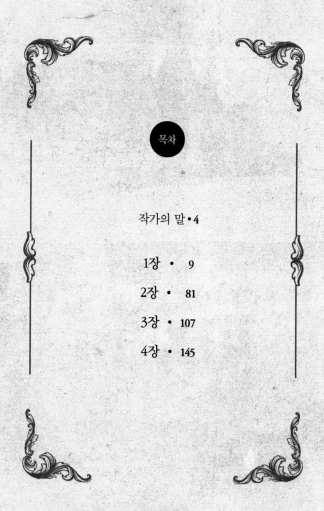

목차

작가의 말 • 4

1장

안녕하세요? 반갑습니다. 무엇을 시키셨습니까? 훌륭하십니다. 이 집의 가장 대표 술인 핵폭탄 맥주를 시켰군요. 아, 저는 종업원이 아닙니다. 주문을 재차 확인하러 온 것이 아니지요. 저는 그저 우연히 당신의 옆에 왔지요. 당신의 주문은 저기 보이는 저 비둘기라고 불리는 직원이 만들고 있습니다. 왜 비둘기냐고요? 그건 제 마음이지요. 실제로 저 직원의 이름은 아닙니다. 제가 지어냈지요.

저 모습을 보세요. 동그란 안경을 쓰고 목을 앞으로 하면서 걷는 것이 마치 비둘기 같지 않습니까? 그리고 저 두리번거리는 모습을 보세요. 마치 땅에 떨어진 먹이를 주워 먹으려고 움직이는 것이 비둘기 같아요. 팁을 받을 수 있는 사람을 노리고 기회가 되면 콕 집어 먹으려는 저 모습이 마치 비둘기 같기에 저는 그를 비둘기라고 부르게 되었습니다. 여기에는 비둘기 말고도 제가 고릴라, 하마라고 부르는 여러 종류의 동물이 많아요. 당신도 그 친구들을 보았으면 제 말에 동의하실 겁니다. 제가 확신하죠.

하지만 안타깝게도 그 친구들은 오늘 쉬는 날인가 보군요. 그럴 수도 있죠. 어떻게 매일 일만 하면서 살 수 있겠습니까. 어느 날은 쉬고 어느 날은 일하고 조화롭게 살아야지요. 그런데 이곳은 늘 사람이 많아서 가게 주인이 쉬지 않고 나와서 일을 한답니다. 직원은 교대로 일하지만, 주인은 매일 나오는 것이죠. 자신의 술집이니까요. 애정을 가지고 열성을 다해서 일하며 원가를 절감하는 것이지요.

여기 사람이 참 많지요? 이 술집은 언제나 사람이 많답니다. 당연하지만 특히 밤만 되면 사람들이 얼마나 많이 오는데요. 이 시끄러운 소리 좀 보세요. 어쩌나 시끄러운지 술집의 음악 소리가 들리지 않습니다. 사람들의 목소리가 넓고 크게 울려 퍼져 되레 주변 음악을 집어 삼키고 있어요. 이쪽저쪽 테이블의 모든 목소리가 섞여 무슨 말인지 알아들을 수 없지만 다들 열변을 토하고 있습니다. 자신 내면의 이야기로 쌓인 댐이 우르르 무너지면서 감정과 함께 방출하고 있어요. 어쩌면 스스로 마음을 통제하지 못하고 마구 뱉어내는 것이 천박하다 느낄 수 있겠지만 어쩌겠습니까. 평소에는 할 수 없는 말들을 술의 힘을 빌려 하는 것인데요.

이 술집은 참으로 매력적입니다. 어두운 실내에서 작고 은은하게 빛나는 조명들의 조합은 우리로 하여금 솔직한 내면으로 향하게 만들죠. 평소 생활에서 우리의 눈은 밝은 외부를 보고 있지만, 술집에서는 어두운 내면으로 나아간단 말입니다. 그렇게 우리는 천천히 내면에 도달하고 그 속에 숨겨진 진정한 나를 발견하게 되는 것이지요. 위선의 가면을 벗어던지고 잠시나마 숨쉴 수 있는 숨구멍이 생기는 것입니다.

어둠은 우리의 내면입니다. 내면과 같이 어두워진 술집에서 우리는 좁지만 깊은 시선을 가져 스스로를 만나 대화를 하는 겁니다. 말은 상대에게 하는 것이지만 사실 나 자신에게 진실되게 호소하는 것이지요. 술은 다른 사람과 함께 마시지만, 사실은 스스로에게 말하는 본심이요, 말하는 사람은 단지 자신의 말에 맞장구가 필요한 것입니다.

그런데 이 술집에 와서 떠드는 자들은 대부분 참 딱한 사람들입니다. 이 술집에서 우리는 확성기를 켜듯 목소리가 커지고, 억눌려왔던 감정이 폭발하듯 표출하죠. 그 억눌린 수많은 감정은 돈으로 인해 평소 얼마나 탄압을 받았는지 감정에 솔직해지는 술집에서 분출되어 나오는 겁니다. 자신보다 지위가 높은 자(보통 돈이 많은 자이죠)에게 굽신거리고 웃는 모습을 보여주는 저들은 돈의 노예입니다. 돈이 사람들을 저렇게 만든 거죠. 마음 속 감정의 호소에 귀 닫고 자유로운 인간의 본성을 배반한 채, 하루하루 돈 때문에 전전긍긍하는 저들을 보세요. 마음이 건강할 수가 없습니다. 마음이 썩고 곪아 언제 병이 생길지 알 수 없는 시한폭탄과 같죠. 그래서 국가가 허락한 합법적 마약인 술로 불타는 마음을 진압합니다.

지금 우리에게 들리는 이 소음은 저들의 묵혀 둔 감정의 노래이고 슬픔과 위로의 선율입니다. 그렇지만 이 것도 또 이 술집의 매력이죠. 사람들이 웅성웅성대는 소리는 우리의 대화를 조금 더 집중시켜 주는 배경음악과 같습니다. 슬프지만 참으로 감미로운 사회의 소리죠.

갑자기 말을 걸어서 조금 당황한 모양이군요. 그럴 수도 있습니다. 모든 생명은 낯설다는 것을 그다지 좋아하지 않거든요. 변화와 발전을 두려워하는 마음이 있죠. 그저 현실에 순응하는 것이 인간입니다. 거대한 사회 속에서 함께 살아가기 위해서는 사회의 통념에 복종해야 하거든요. 부정한 방법이나 이기적인 행동이라도 사회의 법이 그렇다면 우리는 그 법을 따르고 함께 해야 합니다. 스스로 사회의 올가미에 끼운 것이지요.

그렇게 목줄이 채워진 인간은 움직일 수 없지만 금방 적응하게 되는지라 올가미에서 벗어나려는 행동을 거부하는 것입니다. 그렇지만 우리는 그것을 이겨내야 합니다. 수시로 변화하는 사회 속에서 적용하기 위해서는 자신도 변화해야 하거든요. 낯섦과 무지에 대한 두려움을 이겨내야 합니다. 그 과정은 불 바닥을 걷는 느낌일 테지만 그것이 나를 조금 더 성장시키고 성숙하게 만드니까요. 모든 동물과 사람이 추구해야 할 것 이죠.

그래도 당신은 마음을 넓게 가진, 진보적인 생각을 하는 사람 같습니다. 저의 옆에 와서 술을 함께 마시면서 대화를 하니까요. 인간들이 점령한 술집에서 동물이 있다는 것은 모난 돌이요, 장미의 가시와 같은 존재이죠. 네, 인정합니다. 저는 이 술집에 어울리는 동물이 아닙니다. 돼지니까요.

당신도 많이 놀랐을 겁니다. 돼지가 깔끔하게 셔츠를 입고 번듯하게 앉아있으며 손을 쓰다니요. 심지어 디오니소스가 인간에게 선물한 술을 마시고 있죠. 처음 보는 사람의 눈에는 자신이 잠을 덜 깼나 하는 생각이 들 겁니다. 그리고 궁금증이 생기겠지요. 그러나 모든 인간이 내린 결론은 저에 대한 거부감입니다. 깨 끗하고 순수한 내가 저 더러운 돼지와 같은 공간에서 인간만의 유일한 아름다운 음료를 마시고 있다니. 그리고 저를 혐오하는 마음이 생기고 그 눈빛을 고스란히 저에게 보내겠죠.

그렇지만 말입니다. 저도 돈이 있고 술을 마실 권리가 있습니다. 술집은 장사하는 곳이기 때문에 돈만 주면 술을 마실 수 있습니다. 제아무리 꾀죄죄한 몰골과 우스꽝스러운 외모를 가진 사람이라도 돈만 있다면 여기서 누구보다 후한 대접을 받을 수 있습니다. 돈이 그들로 하여금 친절을 요구하는 것이지요. 술집에서 그들은 나를 혐오합니다. 그러나 내가 가진 돈에 대해서는 존중을 넘어 존경합니다. 내가 돼지거나 개이거나 염소이거나 상관없어요. 앞에 돈이 있다면 그 누구든 존중과 존경의 대상입니다.

그래서 돈 앞에서는 모두가 평등합니다. 외모와 마음에 상관없이 돈 하나로 대접받을 수 있는 이곳은 저에게는 참으로 좋은 장소이죠. 알싸한 술도 마실 수 있다는 것은 덤이고요. 물론 사람들은 자신과는 다르게 생긴 저를 무시하고 깔봅니다. 그 사람들은 같은 사람이라도 자신과 다르게 생기면 깔보고 무시하는데 저라고 어떻겠습니까. 그러니 그런 시선은 어쩔 수 없죠. 감내해야 합니다.

아 참. 제 소개가 늦었군요. 저는 스노볼이라 합니다. 행복농장의 우두머리 돼지이죠. 저는 이 술집의 인간들같이 일을 하느라 지친 심신을 술로 달래기 위해 오는 것이 아닙니다. 물론 나도 힘들지만 그건 부수적인 이유입니다. 진짜 마음은 그저 높은 곳에 있는 느낌을 받기 위해 이 술집에 오는 것이죠.

이 술집에 오면 마치 내가 인간의 삶을 위에서 아래로 내려다보는 관찰자같이 우월해지는 느낌을 받거든요. 저는 높은 곳에 있는 느낌을 좋아합니다. 땅에서 높이 있는 것도 심장이 뛰고 피가 세차게 뛰는 느낌을 받지만 마음이 날개를 달고 하늘을 치솟아 관찰자가 되는 것도 기분이 좋아요. 내 모습이 위에 있으면 그들은 고개를 들어 나를 우러러보지만 마음이 위에 있으면 그들의 양심이 나를 우러러본다는 것이지요. 선망과 숭배의 느낌입니다. 더러운 흙탕물 속을 넘어 완전하게 무결한 나는 저들과 다릅니다.

이런 돼지는 처음이지요? 저도 당신을 처음 보았습니다만 사실 저는 이 술집의 단골손님입니다. 제가 이 술집을 얼마나 자주 오는데요. 이곳에 자주 오는 사람들은 저를 모두 알 것입니다. 이 사람들은 저에 대해 처음에는 혐오감을 보였지만 이제는 익숙해져서 그러려니 하거든요. 모든 동물은 적응하기 마련이니까요. 어떤 계기로 제가 익숙해지는 것이 아니라 계절이 바뀌듯 제가 계속해서 보이니 서서히 저를 술집의 일원으로 인식을 하는 것이지요. 그렇지만 계속 저를 피하는 것은 여전합니다. 말도 걸지 않고요. 저 주인 녀석도 저에게 주문 이외에는 얼굴을 보여주지 않습니다. 돈밖에 모르는 속물적인 녀석.

오늘 처음 본 당신도 저랑 이야기를 하다 보면 곧 적응을 할 겁니다. 말을 하고 생각을 하는 우리는 같은 진화한 동물이니까요. 친밀감이 생길 것이고 함께 이야기를 하다보면 저의 생각에 푹 빠져들 것입니다. 그리고 제가 마음에 쏙 들겠지요.

이야기하지 않아도 당신은 이미 나에게 관심이 있다는 것을 알 수 있어요. 당신이 비어있는 제 옆에 앉은 것은 저에 대한 흥미가 있다는 것이니까요. 이 술집에 처음 온 보통의 사람들은 저를 보고 아는 척도 안 하고 곁에 오기도 싫어하거든요. 어떤 녀석은 심지어 술집을 나가더라니까요.

저도 처음에는 이 술집에서 거절을 당했습니다. 돈을 충분히 준비하고 갔음에도 주인 녀석이 거절을 하더라니까요. 다른 손님들에게 폐를 끼친다면서요. 나 때문에 다른 손님들이 모두 이곳을 오지 않을 거라고 저를 입구에도 들어오지 못하게 하더군요.

그 모습을 보고 나도 화가 났죠. 같은 돈 종이 한 장이라도 누구에게는 그만한 값어치를 하고 누구에게는 못한 값을 하다니. 그래서 저는 50배에 해당하는 돈을 주면서 말했습니다.

"이 문을 여는 데 이 정도면 되겠소?"

그러자 저를 존경하는(사실은 돈을 존경하는) 눈빛을 보이면서 문을 열어주더랍니다. 그래서 저는 돈으로 만들어진 술집의 자물쇠를 열고 당당하게 들어갔습니다. 그리고 가끔 술집에 후한 팁을 주니 저에 대한 거절을 더 이상 않더군요. 그래서 이 술집은 내가 애용하는 술집이 되었죠.

인간이란 본인이 우월하다고 생각하는 종족입니다. 그래서 저를 천하다고 생각하여 보는 것도, 근처에 오기도 싫어합니다. 자신은 신이 만든 고귀한 존재라고 생각하면서요. 그래서 늘 다른 동물의 위에 있기를 원하는 종족이란 말입니다. 그렇기에 채찍과 같은 도구를 이용하여 우리를 공포로 통치하는 것이지요. 참으로 거만하고 오만하기 짝이 없습니다.

그렇지만 말입니다. 저는 동물이 더욱 우월하다고 생각합니다. 이해가 안 되는 표정이군요. 생각을 해봅시다. 그들은 뇌가 우월하다고 생각하는데 그거 빼고 뭐가 있습니까? 도구가 있다고요? 그 도구라는 것은 신체의 일부가 아닙니다. 자기 자신의 존재 자체가 아니라고요. 본질 자체가 아닌데 어떻게 그것으로 자신이 우월하다고 할 수 있죠? 저도 총과 거대한 무기만 있다면 누구보다 우월할 존재일 겁니다. 제가 아무것도 입지 않은 채 마을에 나타난다면 모두가 저를 투명 인간처럼 거들떠도 보지 않을 것입니다. 아니지요, 오히려 저를 잡아먹고 싶다는 생각이 들겁니다.

그렇지만 군복을 입고 커다랗고 차디찬 빛을 내뿜는 총을 들고 나타난다면 태도는 180도 달라질 것입니다. 저를 본 모든 동물과 사람이 저에게 머리를 조아리고 아부를 떨겠죠. 그리고 목숨만은 살려달라고 온갖 자존심을 버린 채 파리처럼 두 손을 싹싹 빌겠죠. 그 동안의 멸시는 머릿속에서 잊어버리고 눈앞의 목숨만이 급하니 제 말에 복종하는 것입니다. 그러니 도구를 빼고 생각을 해보면 인간과 동물 중 우월한 쪽은 동물입니다.

그들은 자신의 도구가 없으면 어떻게 생활을 하나요? 야생에 아무것도 없는 인간들을 풀어놓았을 때 얼마나 많은 인간이 살아남을 수 있을까요? 아마 매우 적을 겁니다. 제 생각에 이 술집 안에서 한 명도 없을 겁니다. 야생에 인간들을 풀어놓으면 그들은 먹고살아야 하는 동물이기 때문에 가장 먼저 찾는 것은 물과 식량입니다. 물은 마실 수 있겠지만 높은 나무에 달린 열매는 손쉽게 먹을 수 있을까요? 불가능하죠. 그러면 그들은 고개만 쳐들고 어떻게 먹을지 생각만 하면서 하늘을 바라만 보겠죠. 그리고 그 모습을 본 맹수는 곧바로 인간들에게 와서 공격하고 잡아먹을 것이란 말입니다. 인간은 먹이사슬 중에서 가장 최하위입니다. 그러나 그들은 자기 자신을 잘 모르지요.

표정이 조금 일그러지셨군요. 죄송합니다. 그렇지만 당신을 폄하하는 것은 아닙니다. 모든 것에는 예외가 있습니다. '1 더하기 1은 2다' 라는 수학과 같은 정의가 아니고서야 인간을 하나로 완벽하게 정의하는 것은 멍청한 일이지요. '인간은 약하다' 같은 대전제는 맞지만, 사람의 성품은 두 가지가 있습니다. 못난 사람도 있고 선한 사람도 있어요. 그 성격 중 당신은 선하게 보이는군요.

왜 그러냐고요? 당장 외모만 보더라도 착한 인간 같습니다. 선한 눈매와 웃고 있는 미소. 지금은 주름이 졌지만 젊을 때 번듯하고 멋지게 생겼을 것 같군요. 제가 본 사람 중에 가장 덕이 있어 보입니다. 그뿐만 아니라 능력이 있어 보입니다. 옷은 잘 빠지게 입었고 걸음에 풍채가 있었거든요. 자신감이 넘쳐 보였습니다. 이것으로 볼 때 당신은 사람들을 많이 만나면서 그들의 마음을 얻어야 하는 일을 하는 것 같군요. 또한 참으로 편견 없고 열린 마음을 가진 훌륭한 분 같습니다. 그렇지 않고서야 어떻게 제 옆으로 오겠습니까? 저에게 다가온다는 것은 큰마음을 먹지 않는 이상 불가능하거든요. 술집을 밝히는 저 불빛이 드디어 제 주인을 찾은 것 같습니다.

혹시 인간세계에서 어떤 일을 하시는지 물어봐도 되겠습니까? 아 정치인이라고요? 저의 예상이 맞는군요! 참으로 반갑습니다. 동지를 만난 느낌이군요! 목소리가 너무 컸나요? 죄송합니다. 저도 모르게 너무 반가워서 그랬습니다. 왜냐하면 저도 행복농장에서 정치를 하는 동물이기 때문에 그렇죠. 같은 일을 한다는 점에서 우리는 공통점이 있군요. 어쩐지 뭔가 당신에게 친밀감이 들었습니다. 우연이 어쩌면 인연이 될 수도 있는지 모르겠습니다.

인간 세상에서 어떻게 활동을 하고 계신가요? 아, 저런. 아무것도 할 수 없다고요? 이제 막 정치에 입문했나 보군요. 어떻게 할지 모르겠다니. 그렇다면 제가 좀 도와드릴까요? 인간 세상과 농장의 세상은 많은 공통점이 있기에 제가 동물이라도 저의 조언이 도움이 될 것 같습니다. 같은 동물의 세계니까요. 본성은 모두 같죠. 이기적이고 단순하고 마음이 약한 존재들이죠. 제가 아까 인간들을 하나로 평가하는 것은 멍청하다고 했나요? 그건 맞지만, 인간이 나약하다는 것은 모든 인간에게 해당하는 말입니다. 그 속에서 헤쳐나가는 인간의 행동이 다른 것이지요. 대전제는 같습니다. 하지만 당신이 사람들을 마음대로 할 수 있는 정치를 하려면 일단 이것을 알아야 합니다. 그래야 사람들을 다스릴 수 있죠.

아, 마침 비둘기 녀석이 만든 당신의 술이 나왔군요.

제 이야기를 듣기 전에 한잔 들이키시지요. 술을 마시면 좀 더 대화가 잘 되니 저도 술을 마셔야겠습니다. 목 넘김과 맛이 아주 좋습니다. 천천히 드세요. 기다려 드리겠습니다.

그럼 이제 당신에게 도움이 되는 저의 이야기를 들려 드려야겠군요. 일단 제 소개부터 하겠습니다. 저는 굉장히 정의롭고 도덕적인 세계를 만들려는 동물입니다. 모든 동물은 평등하다 생각하고 있죠. 지금도 그 생각은 변치 않습니다. 그러나 동물이나 인간 세상이나 어디에서든 차별이 존재합니다. 저는 그것이 참으로 불완전하고 나쁘다고 생각하고 있었죠. 심지어 그것은 힘에 의해서가 아닌 종이로 만든 돈이 만든 차별입니다. 이는 공정하지 않아요. 돈이 없으면 자신이 살 헛간과 자신이 먹을 음식을 가질 수 없는 것이 지금 세계입니다. 모든 곳이 그렇죠. 농장이나 마을이나 옆 마을이나 다 같아요.

아! 모든 곳은 아니군요. 한 군데 예외가 있습니다. 인간 세상에서 정말 이상적인 구조를 가진 집단이 단 한 군데 있더군요. 군대라고 부르나요? 맞는군요. 그곳은 의식주를 해결해 주는 좋은 집단입니다. 살 수 있는 기본권리를 제공하는 곳이죠. 매일 삼시세끼 음식을 제공하고 밤에는 추위를 피할 수 있고 몸을 눕힐 수 있는 곳을 제공합니다. 낮에는 일하고 밤에는 자신의 시간을 가지죠. 무슨 일이 있어도 의식주는 해결해 줍니다. 심지어 전쟁이 나 혼란한 와중에도 의식주는 해결합니다. 그곳에서 일을 못 한다고 음식을 주지 않거나 내쫓는 일은 없습니다. 몸이 아파도 무상으로 치료하고 약을 먹으며 회복을 할 수 있지요. 돈이 없어 죽지는 않아요.

일을 못하면 같이 힘을 내 해결하는 곳이죠. 국가가 몰락하지 않는 이상 그들은 인간으로서 살 수 있는 것을 모두 얻을 수 있습니다. 왜냐하면 국가가 모든 것을 관리하고 배급하니까요. 그들은 자신을 바쳐 국가를 지키고 국가는 그들에게 의식주를 주는 것입니다. 참으로 이상적이고 아름다운 집단이 아닙니까.

그러나 현실에서는 일하지 못하면 고용주가 가차없이 노동자를 해고하고 금세 다른 사람을 구하지요. 그렇게 기업에서 잘린 노동자는 사회에서 존재 가치를 잃어버려 인정받지 못하는 사람이 되어 버립니다. 또한, 가난하게 되고요. 그렇게 사회적으로 살해당한 노동자는 하루하루를 힘겹게 연명하며 죽음만을 기다리며 살고 있습니다.

또 몸이 아프면 어떤가요? 부유하다면 최고의 시설에서 최고의 대우를 받으며 치료를 받지만, 가난한 자들은 돈이 없어 치료를 받지 못하고 죽음을 맞이한답니다. 정말 안타까운 현실이 아닙니까?

저는 그래서 군대와 같이 모든 동물에게 의식주를 기본적으로 공급할 수 있는 농장을 만들기를 희망했습니다. 그것이 기본 권리니까요. 동물들이 굶고 있는 모습과 추위에 떨며 야생에서 자는 것은 너무도 마음이 아픈 일입니다. 이는 제 마음속 양심이 허락하지 않는 일이었습니다. 농장은 모두 같은 일을 하고 같은 양의 음식을 배분하는 사회로 나아가야 합니다. 서로서로 차별하고 경쟁하는 것은 너무 불필요한 일들입니다.

부유한 동물은 몹시 나쁜 녀석들이에요. 가난한 동물의 것을 앗아서 자신의 배를 불리고 있죠. 그리고 스스로 다른 동물과 차별을 두어 자신만 혼자 돈을 버는 악독한 녀석들이죠. 제가 그들을 처음 보았을 때 느낀 직감이 있었다고 해야 할까요. 그것은 분명히 맞았습니다.

욕심 많은 녀석같으니라고요. 부유한 녀석이 모두에게 조금씩만 나누면 좋을 텐데요. 그러면 모두가 굶지 않고 살 수 있습니다. 그런데 그들은 자신의 목에 총이

겨누어져야 비로소 나눔을 실천합니다. 그래서 저는 부유한 녀석에게 총을 겨누는 동물이 되고 싶었죠.

오해하지 마세요. 모든 부유한 동물들이 나의 적은 아닙니다. 몇몇 부유한 녀석들은 나와 친해질 수 있습니다.

부가 쌓여 사회적으로 지위가 높아지면 나와 생각이 비슷해질 수 있거든요. 높아진 지위로 인해 대중들을 아래라고 여겨 자신이 그들을 다스리고 싶어하는 마음이 생깁니다. 그런 녀석들은 나의 좋은 친구가 되겠죠. 안타깝게도 나의 농장에는 그런 녀석이 없었습니다.

그래서 저는 홀로 부유한 녀석을 물리치고 가난한 동물을 위하기로 했어요.

저는 가난한 동물을 위해 몸소 나서기로 했어요. 그들을 위해서 그들을 위하는 농장을 만들기로요. 부유한 동물의 것을 빼앗아 가난한 동물에게 기본적으로

제공해야죠. 열심히 활동하자고 생각을 했는데 고민을
할수록 무언가가 이상했습니다. 생각해보세요.

내가 가난한 동물들이 가난을 벗어나도록 위하는
행동을 하죠? 그러면 가난한 동물들은 나를 지지해
요. 그렇게 내가 가난한 동물을 부유하게 만들면 어떻
게 될까요. 그들은 더 이상 나를 지지하지 않게 되는
것입니다. 단물을 쪽쪽 빨고 버리는 텅 빈 음료수 같은
존재가 되는 것이에요. 그래서 내가 내린 결론은 나는
가난한 동물들을 부유하게 만들면 안 된다는 겁니다.

부유해지면 나를 필히 반대하니까요. 나는 부유한
동물의 것을 가난한 동물과 나누어야 하는 신념을 가
지고 있는데 부유하면 자신의 것을 빼앗기기 싫어하거
든요. 그렇게 나를 지지하는 동물은 줄어듭니다. 구덩
이에서 나를 지지하는 그들을 끌어올리기보다는 더
많은 동물을 넣어야 그 소리가 더욱 커지게 되는 것입
니다. 조금 모순적이죠.

사실 가난한 동물은 나를 지지하기보다는 자신에게 기회를 주는 동물을 지지해야 해요. 계층이라는 것을 인정하고 가난한 동물들은 높은 지위로 올라가기 위해 노력하고 지도자는 계층 간 이동할 수 있는 사다리를 만들어 그 기회를 주어야 하죠. 눈앞의 먹이를 주는 것보다는 먹이를 잡는 방법을 가르쳐야 하는, 연어를 잡는 곰처럼요. 사다리를 올라가다 떨어져도 다시 힘을 낼 수 있는 발판을 제공해야죠.

그런데 대부분의 녀석은 그럴 노력도 없고 의지도 없어요. 단지 자기 밥그릇에 먹이만 채워주기를 원하죠. 노력 없이 남의 것을 먹기를 좋아합니다. 새로운 길을 개척하지 않아요. 위험 부담 없이 안전하게 남의 뒤를 따라가며 그 남은 음식을 먹고 싶어하지요.

그래서 노력하지 않는 그들을 위해서 내가 노력하기로 했죠. 스스로 먹이를 찾기보다는 먹이통 앞에서 먹이를 기다리는 그들에게 나는 다른 길을 제시했습니다. 위험을 부담하지 말고 내가 주는 헛간과 여물통을 받아 배급받는 사회를요. 그들이 속마음으로 원하고 나는 이상을 원했기에 서로에게 도움이 되는 농장을 만들려고 했죠. 저 혼자서요.

원래의 행복농장은 자본주의와 민주주의라는 것을 추구했는데 이것은 참으로 우스운 말입니다. 최대 다수의 최대 행복. 그렇기에 모든 결정을 다수가 원하는 대로 이끌어간다. 겉으로 듣기에는 참으로 좋죠. 그런데 여기에는 문제가 있습니다. 다수는 보통 멍청하다는 것이지요. 대중들은 생각이라는 것이 없어요. 겉으로 보기에는 멀쩡한 동물 같지만 사실 밭에 있는 허수아비와 다를 것이 없어요. 바람이 불면 흔들리고 쓰러지면서 남들을 향해 웃고 있죠. 본분을 잊고 참새들에게 먹이를 마음껏 나누어주면서 꿋꿋하게 서 있답니다.

그 허수아비들은 참으로 우스운 것이 서 있기만 하

면서 스스로는 밭을 지키는 대단한 존재라고 생각하는 것이에요. 기만자! 위선자! 멋진 다비드상 앞에 서서 자신이 보는 것이 거울이라고 생각하며 춤을 추는 광대와 다를 것이 없어요.

그런 허수아비들을 위해 똑똑한 정치는 필요 없습니다. 교활한 정치가 필요하지요. 진실을 말하고 증거를 들이밀어도 듣지를 않는다니까요. 이해할 수도 없고요. 요즘 사람들은 많은 것을 알아서 똑똑하다고요?

똑똑한 것은 많은 것을 알고 있다는 것이 아닙니다. 지식이 아니라 지혜가 진정한 지성이요, 미덕이지요. 단순히 암기를 잘 하고 많은 지식이 있다는 것이 아니라 스스로 생각하면서 행동하는 것이 진정 현명하고 대단한 것이지요.

그렇지만 스스로는 똑똑하기 힘들죠. 그래서 어느 지성을 가진 소속에 자신을 종속시켜서 스스로 지성이 있다고 속여버립니다. 자신은 위대하고 똑똑한 집단의 일원이라고 하면서요. 그것이 쉽고 편하니까요. 저는 그것을 만족시키면서 환상을 주며 그들을 조련하려고 했죠.

과거에 그러려고 했으나 안타깝게 저의 이상을 실행할 수 없었습니다. 저와 반대 의견을 가지고 있는 동물에게 쫓겨났어요. 원래 저는 행복농장에 오기 전에 다른 곳에서 왔거든요. 과거 이야기는 해 드리기가 좀 껄끄럽네요. 기억하고 싶지 않아서요. 양해해 주시기 바랍니다. 과거는 과거로 묻어야죠. 새롭게 나아가야 합니다.

갑자기 그 생각을 하니 술이 한 잔 마시고 싶군요. 자 한잔합시다. 당신의 미래를 위해 건배. 그리고 나의 미래를 위한 건배.

그럼 이야기를 이어갈까요? 저는 다른 곳에서 새롭게 행복농장으로 들어온 동물이었습니다. 그렇기에 행복농장의 모든 것이 참으로 낯설었습니다. 돈으로 돌아가는 농장과 황금 집 돼지, 개들의 통치. 또한, 돈으로 인한 차별과 돈이 없다면 동물의 음식과 헛간을 해결할 수 없는 농장은 너무나 낯설었습니다. 그리고 이해할 수 없었죠. 어떻게 같은 동물끼리 저렇게 다르게 살 수 있는지. 농장은 참으로 이기적이고 각박해 보였습니다. 너무나도 자신밖에 모르는 동물들의 사회였죠.

인간이나 동물이나 모두 집단을 이루고 화합을 해서 나아가야 하는데 어떻게 개인적으로 살 수 있나요. 매정한 자연의 환경에서 살기 위해서는 단합과 협동이 필요하지요. 이기적으로 살면 모두가 파멸의 길로 빠져들게 되어 있습니다. 이것은 옳지 않아요.

그런 농장에서 저는 가진 것이 아무것도 없고 아는 동물도 없었습니다. 저는 그곳에서 참 외로웠습니다. 낯선 곳에서 혼자 있을 때의 그 쓸쓸함이란…. 참으로 견디기 힘들었습니다. 농장을 나가고 싶은 생각도 들었습니다. 그렇지만 저는 포기하지 않고 농장에서 살기 위해 노력했습니다. 어디 다른 곳으로 갈 수 있는 체력이 되지 않았고 근처 제가 몸담을 곳이 없을 것 같기 때문입니다.

그래서 저는 결심을 했죠. 농장을 떠날 수 없다면 바꾸기로요. 이 농장을 행복하게 이끌자. 그리고 모두를 위한 농장을 만들자. 나의 신념 하나로 농장을 바꾸기 위해서 그것을 버텼습니다. 하나의 목표를 설정하고 거친 세상을 나아가는 동물은 얼마나 존엄합니까. 그 누구도, 그 어떤 것도 저를 막을 수는 없었죠. 저는 그런 굳세고 힘찬 동물이었습니다.

다행히 저에게는 친구가 있었지요. 그 친구는 저를 참 잘 도와주었습니다. 저와 함께 헛간을 같이 쓰고 먹을 것도 같이 먹으면서 저는 그 친구 덕에 농장에서 살고 있었습니다. 처음 온 저를 잘 도와주는 그 친구 덕에 농장에서 살 수 있었습니다. 마치 평소부터 알았던 친한 친구와 같았죠.

아 물론 저도 농장에서 일했습니다. 저는 소비만 하는 동물이 아니니까요. 저는 다른 동물을 도와주면서 그들에게 일정한 돈과 음식을 받았습니다. 그들 사이의 분쟁이 있으면 제가 나서서 해결해 주면서 저의 입지를 키웠죠. 언제나 착한 미소와 웃음으로 그들을 맞이하니 저를 참 좋아하더군요. 친절을 받고 싫어하는 동물은 없습니다. 친절하게 대접을 받으면 대체로 친절하게 대하지요. 그러니 동물들은 저를 인상 깊게 여기고 좋아하더라고요.

그렇게 농장에서 살아가니 알면 알수록 행복농장은 참 이상하다는 것을 알았습니다. 일하는 동물만이 농장에서 살 수 있는 구조지요. 그런데 일은 한정되어 있습니다. 그 일을 몇몇의 동물만 하고 나머지는 방치되어 버리는 것이지요. 동물은 모두 평등한데 누구는 일을 하고 누구는 일을 못 해서 차이가 생겨버리면 그게 정의로운 것입니까? 이건 옳지 않다고 생각했습니다. 모든 동물은 평등하고 모두 같은 일을하고 같은 양의 음식을 먹으며 살아야 하는 것이 올바른 농장이지요. 그리고 그것이 진정으로 행복한 농장으로 가는 길이라고 생각했습니다.

그런데 이상하게도 동물들은 이에 순응하고 살아가더라고요. 동물들은 생각이 많이 부족한 것 같았습니다. 아니면 농장이 그렇게 만든 것일까요? 돈을 못 버는 것은 자신의 탓이라고 생각하면서 그 구조가 잘못되었다는 생각을 하지를 않아요. 그러니 그들은 계속 가난하게 살아가는 겁니다. 잘못된 것이 있으면 바꿔야하지요. 스스로 넘치는 노력을 하거나 사회구조를 바꾸거나요.

그런 우매한 대중 속에서 올바른 생각을 가지고 있는 저는 마치 외톨이 같았습니다. 다른 동물과 다르게 나만 진실을 알고 있는 것은 조금 힘든 일이지요. 대중과 다른 생각을 가진 동물은 그 속에 속하기 어렵습니다. 대중은 모난 돌을 싫어하거든요. 그래서 배척받기도 합니다. 그러다보면 내가 잘못되었나 생각도 듭니다. 그렇지만 저는 알고 있습니다. 저는 모래 속에 숨겨진, 반짝이는 보석과 같은 고귀한 존재라고요. 진실과 정의를 알고 있는 동물입니다. 저만이 농장을 올바르게 이끌 수 있습니다.

　제 생각에 가장 올바른 농장은 한 마리의 정의로운 동물이 지도하는 것이죠. 정의로운 한 동물이 농장의 모든 것을 가지고 헛간과 음식을 평등하게 배분하는 것이 가장 이상적입니다. 그렇기에 그 일은 저만이 할 수 있고, 저만이 모든 동물들에게 음식과 헛간을 분배할 수 있습니다. 저 이외에 다른 동물들은 마음 속에 악마가 살고 있어 동물들을 관리하지 못하고 방치하거든요. 평등을 만들지 않고 늘 혼란만 가중시킵니다.

　그리고 일반적인 동물들이 그 많은 부를 혼자 가지

면 분명 도둑질을 하게 됩니다. 그런 동물은 믿을 수 없죠. 이는 몹시 나쁜 일입니다. 올바르게 이끌기 위해서는 저라는 선한 동물이 앞으로 나아가야 합니다. 그래서 농장을 이렇게 올바르게 만들기 위해서 저는 저의 생각을 동물들에게 주입하기로 했습니다. 저의 생각대로 돌아가는 농장을 만들기로 했죠.

농장을 바꾸기 위해서 저는 황금 집에 들어가야 했죠. 황금 집은 농장을 이끄는 곳입니다. 농장의 모든 것을 관리하고 바꿀 수 있죠. 이런 황금 집에 들어가야 제대로 농장을 관리하고 변화시킬 수 있습니다. 그곳은 농장의 머리이자 결정하는 뇌의 역할을 하니까요. 그런데 그곳에는 다른 돼지들과 개들이 있더라고요. 제가 황금 집에 들어가기 위해서는 저의 편을 만들고 황금 집 동물들을 내쫓아야 했습니다.

이제부터 당신에게 도움이 되는 이야기를 할 것입니다. 잘 들으시기를 바랍니다. 그 전에 한잔하시죠. 당신과 나를 위해. 그리고 정의를 위해.

당신이 어떤 일을 하기 위해서는 같이 하고 도움을 주는 사람들을 필요할 겁니다. 무슨 일이든 간에요. 혼자 일을 하기는 버겁고 힘들어요. 같이 해야죠. 그런데 단순히 같이하기보다는 열정을 가지고 목숨을 바쳐 당신을 위한 사람을 만드는 것이 큰 도움이 될 겁니다. 저도 그런 동물과 함께했답니다. 저에게 정말 큰 도움이 되었죠.

저의 경우는 양들입니다. 양들은 말이죠, 온순한 초식동물이지만 사회적으로는 무리를 짓는 늑대와 같습니다. 늘 이빨을 숨기고 있다가 상대가 잠시라도 실수하면 즉시 숨통을 끊지요. 자신을 공격해도, 무리를 공격해도 숨통을 끊습니다. 그들은 목소리가 참으로 크고 매섭지만, 생각이 부족한 동물들입니다.

자신의 실패를 인정하지 않아요. 늘 자신이 피해자라고 생각합니다. 그래서 어떤 불합리한 일을 당하면 자신의 잘못이 아닌 사회의 잘못이라고 규정을 하지요. 그래서 이를 바꾸기 위해서 내가 아닌 사회가 나에게 맞춰야 하는 변화가 필요하다고 주장하지요. 사회에 대한 이해도 없고 공부를 하고 싶지도 않은 생각 없는 녀석들입니다.

아닙니다. 제가 너무 말이 심한 것 같습니다. 다시 말씀드리죠. 그들은 자신의 감정에 솔직한 동물입니다. 본능에 충실하고요. 그들의 생각과 마음은 이성이 지배하다기보다는 감성이 지배합니다. 그래서 기쁨, 슬픔, 분노 등의 감정에 참으로 솔직한 동물입니다. 그것을 표출하는 데 있어 망설임이 없죠.

특히 증오와 분노에 그들은 목소리가 하늘을 찌를 듯이 커집니다. 기본적으로 그들은 평소 쌓인 화가 많아서 그래요. 늘 자격지심이 있죠. 다른 동물의 것을 빼앗고 싶어하고 자신이 우월한 존재가 되기를 바라죠. 그래서 자신에게 피해를 받는 일이나 불편한 일이 있는 것을 참지 못합니다.

왜냐고요? 그들은 그저 본성에 충실한 것이지요. 일하기를 싫어하고 큰돈을 벌고는 싶지만, 스스로 노력을 하지 않는 우리의 본성에 입각한 것입니다. 이러한 친구들은 재미있게도 혼자 살거나 행동하지 않아요. 집단으로 행동을 한다는 것입니다. 아마 비슷한 녀석들끼리 모여서 서로에게 합당하다고 말해주고 용기를 얻기 위함이겠죠. 이는 그들에게도 좋지만, 나에게도 정말 좋지요.

이게 왜 좋냐면 개인으로 어떠한 행동을 한다면 이는 가볍게 무시되기 쉬워요. 그렇지만 집단으로 행동을 한다는 것은 사회에 큰 파장을 일으킬 수 있습니다. 돌 위에 떨어지는 한 방울의 물은 타격이 없지만 폭포가 쏟아진다면 돌이 움직이거나 부서집니다. 집단이 어떤 행동을 하는 것은 사회에 더 큰 영향을 끼칠 수 있으며 게다가 더욱 도덕적으로 보이거든요.

예를 들어, 과거의 마녀사냥도 비슷한 맥락이죠. 어떤 사람을 한 개인이 죽이면 살인이지만 집단이 한마음으로 모여 사형을 선고하면 납득이 되는 원리입니다. 집단이 판결자고 사형 집행자가 되는 데 그 방향이 올바르고 합당한지는 중요하지 않아요. 그저 집단이라는 것이 중요하지.

그래서 저는 그들을 길들여 저의 충실한 부하가 되도록 만들었습니다. 그들 집단의 큰 목소리는 곧 여론이 되고 반대하는 동물을 구덩이로 밀어 넣을 수 있으니까요. 목소리로 반대하는 녀석을 폭력 없이 살해할 수 있습니다.

목소리를 가진 녀석들은 가지지 않은 녀석들보다 훨씬 존재감이 커요. 백 마리가 조용하고 한 마리가 목소리가 크면 군중은 한 마리의 목소리를 따라갑니다. 미꾸라지 한 마리가 물을 흐릴 수 있는 것처럼 큰 목소리는 소수지만 집단의 의견이 됩니다. 가까이서 보면

다수를 중요시하는 민주주의에 적합하지 않지만 멀리
서 보면 정확하게 적합합니다.

그렇기에 제가 농장을 가질 수 있는 것에 있어 가장
필요한 동물이 양이지요. 목소리가 참으로 크거든요.
세상 누구보다 크고 우렁찹니다. 이런 양들을 길들이
기는 참으로 쉽습니다. 음식 한 덩어리만 준다면 내 편
이 되는 것이죠. 음식이 그렇게 많이도 필요 없어요.
조금만 줘도 그들은 제 충실한 심복이 된다니까요. 그
누가 음식을 주는데 싫다 할 겁니까?

음식으로 인해 그들은 제 말을 잘 따르고 생각을 같
이했죠. 제가 승승장구할 수록 저는 더 많은 먹이를
주었고 그들은 날이 갈수록 저를 더 잘 도와주었습니
다. 이는 우리 농장에만 있는 것이 아니에요. 당신들
인간 세계에도 있을 겁니다. 분명합니다. 제가 장담하
죠. 어딘가 피해 의식이 있는 사람이 있을 겁니다. 모
든 문제의 원인은 자신이 아닌 사회의 문제라며 큰 목

소리를 내는 개인 또는 집단이 있습니다. 꼭 찾아서 당신의 편을 만들기를 바랍니다. 그러면 당신의 앞날에 큰 도움이 되니까요.

　아 그리고 단순히 음식을 주는 것이 아니고 그들에게 세뇌를 시키는 겁니다. 우리의 행동은 정의롭고 올바른 세상을 만들기 위한 행동이라고. 그 과정에서 조금 흠이 있지만, 그것은 신경 쓰지 않고 결과만 생각하자고 말하는 겁니다. 모든 영웅은 피로 세상을 구한다면서요. 그러면 그들은 자신이 뭔가 특별해지는 것 같이 느끼고 용감해집니다. 악마를 물리치는 두려움이 없는 전사들과 같죠.

　재밌는 것이 뭔지 압니까? 제가 그들에게 우리는 정의롭다고 세뇌하면 나의 말과 그들의 생각이 합쳐져 그들은 자신이 정말 정의롭다고 생각하면서 저를 따릅니다. 물론 저는 정의를 따르지만 제가 가는 길을 늘 정의롭게 해결하기는 불가능하거든요. 가끔은 악마의 손길을 빌려야 합니다. 제 손에 피를 묻히기는 싫죠. 더러운 일들은 모두 양들이 처리했습니다. 양들은 저 대신 저를 위해서 일을 열심히 했죠. 예를 들어, 제 의견에 반대하거나 발목을 잡는 동물들을 탄압했죠. 양들이 저를 참 잘 도와줘서 가능한 일입니다. 나중에 그들에게 다시 한번 고마움을 전해야겠군요.

네? 너무 악랄하다고요? 위선이라니. 아직 이제 막 정치에 입문해서 그런지 생각이 아직 미숙하군요.

위선이라는 것은 인간에게 있어서 꼭 필수로 지녀야 하는 성품입니다. 사실 지금도 이 술집에는 위선이라는 가면을 쓰고 있는 사람이 많습니다. 집단에서 살아가기 위해서는 거짓된 선은 필수 요소이지요. 그렇지 않으면 집단과 동떨어져 고립되고 말아요. 잠시 마음을 저 멀리 두고 본성을 조금 포기해야 소속감을 얻을 수 있는 것입니다.

이 술집에서 자신은 나쁘다고 이야기할 사람이 있을

까요? 한 명도 없을 겁니다. 모두 자신은 정당하고 참된 삶을 살아왔다고 말할 거예요. 잘못이 있으면 아마 그것은 상황이 어쩔 수 없어 실수로 그런 것이라고 할 겁니다. 자신의 잘못을 솔직하게 말하면 여기서 배척을 받으니까요. 그리고 쫓겨납니다. 가면무도회에서는 같은 가면을 쓰는 것이 집단에 속하는 가장 첫 번째 방법입니다.

정치를 하면 조금 다른 시선으로 세상을 바라보아야 합니다. 어른의 시선으로 숫자를 생각하며 보아야 한다고요. 생명에 있어 윤리와 도덕 그런 것은 중요하지 않아요. 모든 것을 도구로 봐야 한다는 말입니다. 그리고 그것으로 나에게 어떤 이득이 될지 어떤 손실이 될지 계산을 해야 한다는 겁니다.

이 생명은 어떻게 나에게 도움이 되는가. 이 죽음은 어떻게 나를 위해 쓸 수 있는지 생각을 해야 한다는 것이고 그를 이용해야죠. 삶과 죽음은 감정이 극에 달하는 시간의 향연입니다. 이때만큼 대중들을 조종하기 쉬운 때는 없습니다.

그리고 정치에 있어서 정의와 올바름은 단순한 사치에 불과하고 순진한 생각입니다. 그런 생각으로는 정치할 수 없어요. 정치하면 악마들을 상대로 싸워야 하는데, 승리를 하기 위해서는 제가 마왕이 되어야 합니다. 더 악랄하고 무자비하게 대해야 해요. 수단과 방법을 가리지 않고요. 결과를 중시해야 하는 겁니다. 과정은 중요하지 않아요. 그렇게 내가 권력을 잡으면 그 뒤에는 내가 원하는 올바른 세상을 만드는 것입니다.

이야기가 조금 길어졌군요. 이렇게 정치를 하기 위한 기본 준비를 하라는 것입니다. 잘 아셨으면 좋겠습니다.

어쨌든 이렇게 훌륭한 저의 편을 만들었으니 이제는 황금 집 동물들을 내쫓아야죠. 그래야 본격적으로 내가 생각하는 농장을 만들 수 있으니까요. 그들을 내쫓기 위해서는 그들의 잘못을 아는 것이 중요하죠. 그들을 미워하고 나를 지지해야 하니까요. 그래야 동물들의 마음이 바뀔 수 있습니다.

그래서 저는 황금 집에서 매일 그들을 관찰했습니다. 그러다 발견했죠. 그들의 잘못을요. 그들은 아주 질 나쁜 동물이었습니다. 농장의 창고에 가서 자신을 위해 그것을 훔쳐 오는 것입니다. 공정하게 쓰여야 할 창고의 물자는 그들이 마음대로 쓰고 있었죠. 저는 그것을 보고 동물들에게 말했습니다. 황금 집의 동물들은 이렇게 도둑질을 한다고요. 그러자 동물들은 술렁거렸습니다. 그리고 큰 호응을 얻었죠. 기쁨과 슬픔으로는 단순히 동물들을 모이게 하지만 분노와 증오는 동물들을 열광하게 하는 것입니다.

그리고 저는 이상을 말했습니다. 모두가 행복한 농장을 만들겠다고. 차별과 불평등 없이 평등한 농장을 만들겠다고. 모두를 행복하게 만들 것이라고요. 그러면 동물들은 제 말에 혹하게 되는 것이지요. 현실은 쓰지만, 이상은 달콤하거든요. 그리고 진실은 쓰지만 거짓은 달콤합니다. 이상을 말하는 저는 동물들의 지지를 얻었지요. 그 속에 어떻게 만들것인지 구체적으로 설명은 하지 않았다만 뭐 어떻습니까. 동물들의 마음만 얻으면 되는 것을요. 그들도 사실과 과정에 대해서는 신경 쓰지 않아요. 그들은 쓰디쓴 현실보다는 위로와 관심이 필요했으니까요. 아마 그들은 어둠 속에서 빛을 보는 느낌이었을 겁니다. 그리고 헤어나오기 싫은 달콤한 꿈을 꾸는 느낌이었겠지요.

그 뒤로 저는 양들과 함께 "갈색은 나쁘다"라고 매일 말했습니다. 황금 집의 돼지들은 갈색 돼지였습니다. 저는 회색이었죠. 다른 색을 가지고 있는 돼지에게 지우기 힘든 낙인을 새겼죠. 갈색이라는 낙인을요. 매일 갈색은 나쁘다고 말했습니다. 그러니 동물들이 이제는 갈색이라는 단어 자체를 나쁘게 보더라니까요. 갈색이라는 단어를 듣기만 해도 머릿속에 온갖 비리와 더러운 생각만이 생기는 겁니다. 그들이 낙인을 벗어버리기는 힘들어요. 이미 동물들의 머릿속에 박혔거든요. 한 번 생긴 낙인은 머리에 깊숙이 박혀 떼어낼 수 없죠. 이성이 허락해도 감성이 불허합니다. 이성적으로 맞는 일이나 마음이 내키지 않는 것이죠.

이에 질세라 저는 쐐기를 박았습니다. 최근에 바람이 불어 넘어진 닭들의 알을 이용했죠. 황금 집 돼지들이 닭들의 알을 깨뜨렸다고요. 저는 이 사실을 크게 말하면서 동물들을 동요시켰죠. 그것이 사실인지 아닌지는 중요하지 않습니다. 거짓도 매일 말하면 사실이 되지요. 그리고 약간의 개연성과 논리를 가진 거짓은 최고의 효과를 가지지요. 세뇌는 그렇게 이루어지는 겁니다. 그렇게 동물들이 제 말을 믿고 따르기 시작한 것입니다. 참으로 순진한 우리 농장의 동물들이라니까요.

그렇게 많은 동물이 저를 지지하자 농장의 힘을 가

진 황금 집의 개들과 몇몇 돼지는 이제 저를 따르더라고요. 농장의 정세를 파악하고 미래를 예측한 동물들이지요. 아주 영리합니다. 황금 집을 나오며 모든 것을 버리고 나온 동물이기에 저는 그들과 약속을 했습니다. 어떤 일이 있어도 서로서로 감싸고 위하자고. 힘든 상황을 함께하면 그 속에서의 소속감과 결속은 누구도 해칠 수 없습니다. 어려운 상황에서는 작은 친절도 배로 느끼고 서로에게 강하게 의지하며 신뢰를 쌓아갈 수 있으니까요. 그래서 우리는 거대한 하나가 되었지요. 당신이 그때 나를 보았으면 아마 농장의 주인이라 생각했을 겁니다. 그만큼 제가 영향력이 있었으니까요.

저는 그렇게 시위를 계획했습니다. 제가 주입한 분노와 증오를 표출하는 방법이었지요. 시위는 모든 욕구의 집합체였습니다. 정의를 위해 투쟁하고 싶어하는 욕구, 집단에 속하고 싶어하는 욕구, 군중에 뒤처지고 싶지 않은 욕구. 다양한 욕구의 손길을 거부할 수 없는 그들의 행동이었습니다.

그렇지만 욕구에 응답하고자 행동이 너무 과격해지면 통제가 불가해집니다. 그것은 보기에 좋지가 않아요. 미래에 보았을 때 나는 평화적인 시위를 계획했다고 불리고 싶다고요. 그래서 저는 원숭이를 불렀습니다.

원숭이는 화려한 곡예로 모든 동물들의 눈길을 사로잡았죠. 원숭이는 시위를 축제로 만들었습니다. 모든 동물의 참여를 독려하고 즐거운 축제로 만들었죠. 좀 더 많은 원숭이가 있었으면 좋았을 텐데 한 마리만 저와 함께하더라고요. 아쉽습니다.

네? 원숭이가 어떻게 제 말을 들었냐고요? 대부분의 원숭이는 저를 좋아할 수밖에 없죠. 원숭이는 곡예를 하며 스스로를 치장하고 자신을 외부로 표출합니다. 그 속에 풍자와 해학을 통해 더 나은 세상을 만들려는 마음이 있죠. 그러니 원숭이는 저를 잘 따르고 함께하

는 것입니다. 그도 이상을 만들고 싶어하니까요. 좋은
세상을 만들려 합니다. 그러니 저를 위해 온몸을 바치
는 것은 당연한 일이지요. 곡예를 한다고 생각이 부족
한 것은 덤이고요.

원숭이의 곡예를 좋아하는 동물들은 원숭이의 행동
을 보고 시위에 참석할 수 있습니다. 무엇을 하는지 모
르지만, 원숭이를 좋아하는 동물들이 그가 하는 것이
면 뭐든지 따르는 열렬한 팬이니까요.

그래서 원숭이가 오자 아무것도 모르는 어린 아기
토끼도 축제를 즐기고자 시위에 나왔지 뭡니까. 저는
그것을 보고 참으로 기뻤죠. 아직 세상에 대해 아무
것도 모르는 동물도 나를 지지한다는 것이니까요. 어
린 동물들이 어릴 때부터 나를 좋아한다는 것은 보장
된 미래를 만들 수 있다는 것입니다.

시간이 지나면 어린 동물들은 계속 나를 따를 것이
고 그들은 계속 나의 사상을 이어 나갈 중요한 기반이

기 때문입니다. 나이든 동물이 나를 싫어하는 것은 시간이 지나면 사라지기 때문에 그들은 중요하지 않아요. 젊은 동물들이 나에게는 중요하지요. 나의 사상을 이어 가야 하니까요. 심지어 제가 죽어서도요. 내가 죽어도 그들은 나와 함께할 것입니다. 나는 신과 같이 그들의 곁에 머물며 함께할 것이고요. 그들은 내 이름을 부르며 나를 숭배할 것입니다. 그래서 나와 함께 시위하러 나온 아기 토끼를 보니 참으로 마음이 들떴습니다. 그리고 보람찼고요.

젊은 동물은 백지 상태에요. 아무것도 그려지지 않은 덜 성숙한 자아의 형상입니다. 그 백지에 세상의 어떠한 것도 그려지지 않기에 사회의 그림을 이제 그려 가는 것이고 나이가 들수록 서서히 자신을 형성시키는 과정이지요. 그런데 그 백지에 내가 조금만 그림을 그려준다? 완벽하지요. 나의 사상을 정의로 알고 나를 따르게 됩니다.

젊은 동물들이 나를 지지한다는 것은 참으로 좋은 현상입니다. 젊은 친구들은 열정으로 마음이 가득 차 있어요. 어렸을 때부터 늘 이상만 교육받은 친구들은 부당한 현실을 이해할 수 없어요. 만약 현실에서 이상한 점이 있으면, 어떤 도덕적인 문제가 있으면 불같이 달려들어서 바꾸려고 하죠. 가장 정의롭고 이상을 좇으며 이상을 위해 몸을 바치는 훌륭한 나이입니다. 그 불같은 열정은 화염과 같이 드세고 강력하여 누구도 막을 수 없죠. 그 어떤 물을 부어도 이겨내고 앞으로 나아갑니다. 아주 드세서 델 것 같아요.

그렇게 활활 타는 마음을 가진 저와 많은 동물은 황금 집으로 나아갔습니다. 황금 집 동물들이 제아무리 집 안에서 버틴다고 하여도 동물들이 몰려오는데 어찌 나오지 않을 수 있겠습니까. 결국 그들은 쫓겨나고 말았지요. 우리의 승리였습니다. 아니, 정의의 승리였습니다. 그때를 다시 생각하면 가슴이 벅차오르는군요. 눈물이 나옵니다. 아 죄송합니다. 잠시 눈물을 좀 닦겠습니다. 아, 손수건이 있으시다고요? 참으로 친절하셔라. 감사합니다. 제가 그때의 감정에 너무 취해버렸군요. 어디까지 이야기했죠? 아, 그렇지요.

저는 그렇게 농장의 최고 돼지가 되었습니다. 그리고 농장을 보았지요. 모든 동물이 단상 아래에서 저를 우러러보고 기대에 찬 눈빛을 보내고 있었습니다. 저는 그 기대에 응답하려고 열심히 일했죠. 가장 먼저 제가 한 일은 황금 집의 개혁이었습니다.

개혁!

그것은 저에게 있어 가장 중요한 일이었습니다. 가장 필요한 일이기도 하고요. 왜냐하면 황금 집은 농장의 머리와 같은 곳으로 농장을 마음대로 할 수 있는 권력을 가진 곳이죠. 농장을 제 사상대로 이끌려면 일단 황금 집부터 제 것으로 만드는 것이 중요했습니다. 당신도 인간 세상에서 대통령이 되면 가장 최우선으로 할 것이 바로 자신의 옆에 생각을 같이하는 사람을 두는 것일 겁니다. 그리고 그 중 권력을 가진 사람들이 나와 함께하는 것은 필수지요.

나는 일을 하는 데 있어 지지와 응원이 필요하지, 지적과 반대는 필요하지 않습니다. 저를 막는다면 내가 마음대로 할 수 없거든요. 주변 권력이 저에게 칼을 겨누기보다는 박수를 주어야 합니다. 그래서 저는 저와 함께한 돼지들과 개들로 황금 집을 모두 채웠죠. 그들은 저와 함께하는 동물들이고 언제나 함께하는 저의 편인 동물들입니다. 모두가 하나 되어 농장을 바꿀 것이고 하나하나가 저에게 중요한 동물들이죠. 제가 마음대로 일을 하는 데 막지 않고 함께할 중요한 동물입니다.

아 참, 그리고 황금 집에는 나와 같은 개, 돼지뿐만 아니라 쥐들도 있었습니다. 쥐들은 황금 집의 일들을 동물들에게 말하는 동물이죠. 저는 이들에게 음식과 잘 곳을 마련해 주었습니다. 그래야 그들의 마음을 얻고 황금 집에 대한 나쁜 일들을 말하지 않고 조용히 하지 않겠습니까? 저도 동물인지라 실수를 하고 잘못을 할 텐데 그런 것들을 쥐들이 모두 말한다면 참 곤란해집니다. 그래서 쥐들을 저의 편으로 만들었죠. 양들처럼 음식과 헛간을 주니 그들도 저의 편이 되었죠.

저의 편이 많다는 것은 참으로 좋은 일입니다. 무슨 일을 할 때 이것을 해야 하나 말아야 하나 고민을 하고 있으면 그들은 저에게 힘을 북돋아 주거든요. 저의 일에 확신을 주고 응원하는 좋은 친구들이지요. 조언과 방향을 선물해 줍니다. 그리고 내가 공격을 받을 때는 나를 보호하고 그들이 나서서 대신 싸워 줍니다.

그래서 저는 그 친구를 농장에서뿐만 아니라 외부에서도 찾았습니다. 친구이면서 나의 이상이었죠. 바로 멧돼지들입니다. 나와 같은 종이지요. 농장의 위편에는 나의 친척이자 친우인 멧돼지들이 살고 있었습니다. 과거 행복농장과 다툼이 있어서 사이가 좋지 않았고 둘은 튼튼한 벽으로 나누어져 있었습니다. 그렇지만 같은 돼지로서 동질감을 느끼고 한번 대화를 해보고 싶었죠. 그래서 저는 대화를 요구했답니다. 그러자 그들은 나와 직접 만나 대화하고 싶다더군요. 그래서 저는 그들을 직접 만나고 멧돼지의 생활을 보게 되었습니다. 그리고 저는 참으로 놀랐습니다.

처음 본 그들은 나의 이상과 같은 생활을 하고 있었습니다. 나의 농장과 비교하면 가난한 집단이라 안타까웠지만 모든 멧돼지들이 가장 높은 멧돼지의 아래 평등했고 같이 일하고 같이 나눠 먹는 구조였습니다. 나의 농장과는 달랐죠. 농장은 돈이 없으면 굶거나 헛간이 없이 살아야 합니다. 그러나 멧돼지는 그렇지 않았습니다. 어떤 일이 있든 모든 일을 같이 하고 생산합니다, 그리고 모두 공평하게 배분했죠. 음식 하나 물한 방울조차도요. 그곳에는 굶는 동물이 없었습니다. 또한 비록 헛간은 없지만 모두가 뭉쳐 서로의 체온으로 잠을 청합니다. 차이와 차별은 그곳에서 존재할 수가 없어요.

　그곳의 가장 높은 규율은 최고 멧돼지가 만들었는데 그 사상이 얼마나 멋있던지요. 무조건 동물이 우선입니다. 동물의 지위와 역할을 아주 중요시하죠. 동물은 세상의 주인이라고 합니다. 그리고 동물이 모든 것을 결정하고 행동할 수 있다 하는 것이죠. 무슨 일이 있어도 동물 우선주의입니다. 얼마나 멋있습니까. 그깟 돈 때문에 동물을 죽이지 않아요. 저의 이상향입니다. 그래서 저는 마음을 그들에게 빼앗기고 그들을 사랑하게 되었습니다.

　그러나 그들은 그렇지 않더라고요. 마치 짝사랑 같다고 해야 할까요. 늘 저를 대하는 시간 동안 행복, 기쁨 없이 무표정이었습니다. 저의 말에 맞장구를 쳐야 하거나 대응을 해야 하는데 아무런 감정이 없었어요. 하기야 생각해 보면 그들의 반응은 당연했습니다. 당장 앞에 있는 녀석이 돼지이긴 하지만 언제 자신의 집단을 배신할 수 있는지 알 수 없기에 방어기제를 펼친 것일 수도 있다는 생각을 했지요. 저는 그들을 이해할 수 있었습니다. 그렇지만 저는 애써서 서로 함께 앞으로 나아가자고 웃는 표정으로 말했습니다.

그리고 저는 행동으로 그들의 환심을 사기로 했죠. 그들의 아픔에 공감하고 많은 도움을 주고자 했습니다. 홍수가 났을 때 저는 그들을 위해 지원을 해 주기로 했습니다. 그러나 자존심이 강한 그들은 제 호의를 거절했죠. 참으로 새침하고 까다로운 그들입니다. 그렇지만 저는 포기할 수 없었죠. 계속 대화를 시도했으나 저희는 대화를 이어 가기 힘들었답니다.

아주, 아주 약간이지만 멧돼지와 평화롭게 지내면서 저는 마음 속 한구석에 다른 마음도 있었답니다. 인간들은 매년 마을을 평화롭게 하는 인간에게 상을 주는 것을 저는 알았습니다. 저번에는 멧돼지들이 인간 세상의 밭을 빼앗아 공격하자 그것을 평화롭게 대화하여 잠시나마 그만두게 하였죠. 그러자 멧돼지와 대화를 했던 그 인간에게 그 상이 갔더라고요. 저는 멧돼지와 평화롭게 지내면서 그 상을 받지는 않을까 하는 욕심도 있었습니다. 물론 그것이 멧돼지를 사랑하는 주된 이유는 아니였지만 혹시나 하는 마음이 있었죠. 그런데 아직 저에게는 그 상을 주지 않는군요. 내가 돼지라서 그럴까요? 참으로 답답합니다. 그 상 하나면 나는 후손들에게 평화로운 동물이라고 칭송받을 텐데요.

잠시 술 한잔해도 될까요? 너무 많은 이야기를 해서 목이 마르군요. 아, 이 집의 술은 쓰지 않고 참으로 달콤합니다. 헤어 나올 수 없죠. 저는 인간은 그렇게 좋아하지 않습니다만 그들이 만든 술은 참으로 좋아하죠. 좀 모순적이지요? 그렇지만 어쩌겠습니까. 인간은 인간이고 음식은 음식인데요. 제가 겉으로는 인간을 싫어하지만 마음속 깊은 곳에서 술을 갈망하는데 이를 어찌 내칠 수 있겠습니까? 앞과 뒤가 다르다고요? 너무 뭐라 하지 마시지요. 당신도 인간 세상에서 정치를 하다보면 그럴 수밖에 없을 겁니다.

정치를 한다는 것은 겉으로는 정의롭고 좋아 보이지만 속으로는 다른 마음을 품고 있는 것입니다. 말은 올바르게 하지만 행동은 저의 마음대로 하는 것이죠. 행동은 이상해도 말은 조리 있게 잘 하여 대중을 현혹시킨다면 그들은 그것에 깜빡 속게 마련이거든요. 웃고 있는 가면을 잘 치장하여 대중들의 관심을 쏠게 하면 된다는 것입니다. 제가 가면 속에서 무슨 얼굴을 하는지는 중요하지 않아요. 제가 화를 내든 거짓말을 하든 상관 없어요. 어차피 그들이 볼 수 있는 것은 제가 쓰고 있는 화려하고 웃는 가면뿐입니다. 그리고 그들은 나의 가면과 함께 나의 이상으로 달려 나가면 되는 것입니다.

저의 이상에 대해서 이야기를 했죠? 모두가 평등하고 나에게 집중하여 음식과 헛간을 배급 받는 사회를요. 그런데 이를 실현하기 위해서는 가장 먼저 기초가 되어야 하는 것이 있습니다. 모두가 가난해야 한다는 것이죠. 아까 제가 말한 모두 가난해야 한다와도 일치하는 것이죠.

동물들이 가난해야 저의 생각에 동조하고 따르는 것이죠. 가진 것이 없는 동물은 배급을 원합니다. 당장 배가 고프니까요. 눈에 보이는 것이 없습니다. 그러나 부유한 동물은 생각이 달라요. 가진 동물들은 자신의 것을 빼앗기지 않으려고 저의 생각에 필연적으로 반대를 하기 때문이에요. 그리고 자신의 자유가 중요하다며 저를 거부하는 것이죠. 생각도 보수적이고 행동도 그렇습니다. 부유하지 않아도 가진 것이 조금이라도 있는 동물들도 똑같습니다. 절대로 자신의 것은 빼앗기려고 하지 않아요.

너무 가혹하다고요? 차라리 모두가 부유하면 되지 않냐고요? 물론 그러면 좋겠습니다만 모두를 부유하게 만드는 것보다 모두를 가난하게 만드는 것이 훨씬 더 쉽습니다. 그리고 모두 부유하더라도 그 속에서 누군가는 또 가난하게 됩니다. 그러면 다시 차별과 불평등은 생성되는 것입니다. 그럴 바에 가난으로 모두를 평등하게 만드는 것이 낫죠. 그래서 저는 모두를 가난하게 만들기로 했습니다. 모두가 가난해야 자신을 농장에 귀속시키고 농장의 필요에 따라 일하거든요. 농장은 음식과 헛간을 주고 저는 동물들은 다스리면 되는 것입니다.

그래서 저는 농장의 풍차를 파괴하기로 했습니다. 거대한 풍차는 농장을 풍요롭게 하고 동물들을 살찌우는 구조물이었죠. 그러나 풍차로 인해 벌어들이는 돈은 가진 동물이 많이 가집니다. 돈이 만드는 필연적이지만 좋지 않은 결과가 있는데, 그것은 부는 가진 동물이 다 가져가고 슬픔은 가지지 않은 동물들이 모두 가져 간다는 겁니다. 참으로 악랄하죠.

그래서 저는 풍차를 파괴했습니다. 한 동물의 사유재산이지만 강행했습니다. 명분은 충분했죠. 안전을 위한다면서 저의 생각을 강제하면 되는 것입니다. 안전 앞에서는 누구도 반대할 수 없죠. 살고자하는 것은 모든 생명의 본능이니까요.

동물들이 반발할거라 생각했는데 생각보다 조용하더라고요. 농장의 큰 목소리를 맡고 있는 것은 양이고 양이 입을 닫으니 조용한 것도 당연한 일입니다. 그렇지만 사실 시끄러워도 괜찮습니다. 저의 생각에 반대하면 풍차의 위험성을 직접 보여주면 되거든요. 풍차의 부식된 부분을 보여 주거나 금을 가게 만들어 풍차가 위험하다고 직접 보여 주면 되거든요. 풍차가 안전해도 몰래 한 부분을 흠집 내면 되는 것입니다. 그런

뒤 부서질 것 같다고 이야기하면 끝이죠. 그리고 눈으로 직접 보여 주는 것입니다. 그러면 누가 이것을 부정할까요. 어쩔 수 없이 나의 지시에 따라야지요.

그러나 생각보다 조용하더군요. 아마 자기와 상관없다고 생각했겠지요? 어차피 부유한 동물의 소유를 빼앗는 것은 자기와 전혀 관련없으니까요. 다행이라 생각했습니다.

결국 저는 풍차 세 개 중 한 개를 없앴죠. 두 개는 필요하니까요. 나중에 나의 농장이 되었을 때(그때는 농장의 모든 것이 나의 것이니) 필요한 것입니다. 그리고 저는 그 앞에 황금 칠을 한 저의 석상을 세웠죠. 아주 번쩍번쩍해서 아무리 멀리서 보아도 눈을 뗄 수 없도록이요. 저는 보여 주는 것을 좋아합니다. 내면은 보여 줄 수 없으니 외부라도 보여 주어야죠.

첫인상은 정말 중요합니다. 누구든 처음 보는 것은 외면이고 첫인상이 좋으면 그 뒤로도 대체로 좋거든요. 그러니 나를 과시하고자 그것을 세웠죠. 나에 대해 모르는 미래에 후손들이 그것을 보면 풍차는 나의 업적이라고 생각하지 않겠습니까? 그래서 나를 기억하고자 그곳에 황금 석상을 세웠죠.

그리고 이것은 비밀입니다만. 잠시 귀 좀 가까이 와 보세요.

나는 그 풍차의 기술을 멧돼지들에게 주었죠. 가난한 멧돼지들을 위해 풍차를 건설해 함께 나누어 부유하게 살 수 있도록 하는 것이 정의지요. 그리고 내가 사랑하는 멧돼지에게 구애하는 것이지요. 조용히 모르게 이루어져 아무도 몰랐습니다. 지금도 멧돼지의 땅에는 풍차를 세울 기반이 다져지고 있어요.

그리고 만약에 우리 농장에 전력생산이나 필요한 동력이 필요할 때 멧돼지의 것을 빌려 쓰면 되지 않습니까? 아, 빌려 쓰는 것이 아니지요. 사서 쓰는 것이지요. 우리는 돈을 주고 멧돼지는 동력을 주고. 이것이 평화적인 화합의 길입니다. 서로가 필요에 의해 합치는 것. 그렇게 교류를 통해 서로는 하나가 되어 가는 것입니다. 정말 멋진 상황이지요.

그렇게 풍차 수가 적어지니 생산량이 줄고 농장은 전반적으로 가난해지더군요. 그들이 먹을 수 있는 음식은 적어지게 되었죠. 그러면서 자신의 헛간을 팔더라고요. 그리고 농장 밖의 풀을 먹었습니다. 그리고 그들은 생각했겠죠. 현재는 가난하게 살지만 나중에 열심히 돈을 모아 다시 헛간을 사는 것을요. 아니 아니. 그러면 안 되죠. 그들은 무언가를 가지면 안 됩니다. 저의 배급을 만들려면 그들이 지속적으로 가난해야 합니다. 그래서 저는 그들이 헛간을 사는 것을 막았죠. 희망을 꺾었습니다. 보이지 않는 벽을 만들었어요. 규제를 통해서요.

헛간에 대한 규제를 엄청나게 내놓았습니다. 동물들을 위한 명목으로요. 처음에 동물들은 기뻐했죠. 내가 자신들을 구제한다는 생각이 머릿속에 들었나 봅니다. 참으로 순진해라. 그래서 겉으로는 규제를 통해 동물들을 위하는 규율을 만들었죠. 그렇지만 말입니다. 규제라는 것은 동물들의 행동을 막는 것이지요. 헛간을 가진 동물은 세금을 많이 낸다. 헛간을 가진 동물이 거래 시 세금을 많이 낸다. 이런 것들은 겉보기에는 좋죠. 그러나 경제에서는 이것이 통하지 않습니다. 오히려 헛간의 가격을 상승시켰죠. 그것도 엄청나게 많이요.

어떻게 그럴 수 있냐고요? 가격이라는 것은 수요와 공급으로 정해집니다. 당신도 배워서 알 겁니다. 쉬운 경제 원리이죠. 가격을 내리려면 수요를 줄이거나 공급을 늘리면 됩니다. 반대로 가격을 올리려면 수요를 늘이고 공급을 줄이면 됩니다. 간단합니다.

저는 규제라는 것을 통해서 공급을 줄였죠. 대신 수요는 폭등했습니다. 거래 시 세금을 많이 걸어 거래를 최소한으로 만들어 공급을 줄였습니다. 그리고 동물들이 헛간에 관심을 가지게 만들어 수요를 늘렸죠.

참으로 획기적인 방법이죠. 규제는 헛간의 가격을 상승시킵니다. 가면을 쓰고 칼을 휘둘렀죠. 날카롭지는 않지만 매섭습니다. 가면을 쓰고 휘두르는 칼은 정확하게 그들의 생각을 찔렀습니다.

헛간의 가격이 오르자 동물들은 저보고 무능하다고 하더군요. 능력이 없다면서요. 어떻게 보면 맞는 말이고, 어떻게 보면 틀린 말입니다. 저는 이 모든 것을 알고 계획한 것입니다. 똑똑한 제가 모를리가요. 저는 무능하지 않고 유능하지요. 그러나 동물들에게 저의 속마음을 그대로 말할 수는 없지 않습니까? 그래서 저는 무능한 척을 한 것이지요. 다시 한번 가면을 쓴 겁니다.

그러나 부유한 동물은 아직도 부유합니다. 그것은 안 되죠. 그래서 저는 세금을 많이 걷기로 했습니다.

세금 앞에서는 그 누구도 평등하거든요. 공정하게 가난한 동물을 만드는 방법은 세금입니다. 규율에 적힌 대로 세금을 많이 걷으면 제아무리 부유한 동물이라도 가난해질 수밖에 없죠. 부유한 동물이 항의해도 괜찮습니다. 어차피 제가 만든 가난한 동물들은 부유한 동물들에게 관심이 없거든요. 그저 당연한 거라고 생각합니다.

많이 벌었으니 농장에 세금을 많이 내어 가난한 자신에게 떨어지는 것이 없나 보는 것이죠. 마치 감나무 아래에서 감이 떨어지기를 바라며 입을 벌리고 있는 모습입니다. 감나무를 때리면 감이 자신 앞에 떨어질 것이라 생각하는 데 사실 그 감은 제 것이 됩니다. 제가 왜 그들에게 주는 것이죠? 제가 한 일 제가 걷어들이는 겁니다. 제가 그들을 부유하게 만들었으니 제가 거두어야죠. 대신에 저는 그들에게 감 한 조각을 주면서 생색을 내면 되는 것입니다. 나는 너희를 위한 정의로운 행동을 했다고요. 그런데 그걸 모르는 멍청한 동물들은 하늘을 보며 눈이 부시도록 눈만 뜨고 있습니다. 눈만 뜨고 있지 아무것도 볼 수 없는 것 같아요. 참으로 안타깝습니다.

그리고 이 세금은 나에게 있어 큰 활동비에요. 내가 농장을 마음대로 이끌 수 있는 기본 재정입니다. 이것이 많으면 나는 활동을 더욱 자유롭게, 제한 없이 할 수 있어요. 내가 양들에게 먹이를 주고 가난한 동물에게 돈을 주면서 과시할 수 있습니다. 그 돈의 출처는 모든 동물의 노동 가치이고 대부분 부유한 동물의 것이지만 가난한 동물은 자신에게 돈을 주는 나의 손만 볼 수 있습니다. 그렇기에 그들은 나에게 고마워하고 열렬히 지지를 보내지요.

게다가 이 세금을 통해서 나는 돈의 존재를 지워 버릴 수 있습니다. 시중에 흘러가는 돈들을 나의 황금집에 모두 모아서 돈이라는 것을 없애 버릴 수 있습니다.

이것은 진정한 내가 원하는 사회이며 돈으로 생기는 불평등을 막고 차별을 없앨 수 있는 아주 훌륭한 방법 이죠. 내가 물건이 더 필요하면 교환을 통하면 돼요.

그렇게 부유한 동물을 가난하게 만들면 그로 인해 가난한 동물은 더 가난하게 됩니다. 부유한 동물들이 투자를 하고 혁신을 하면서 경제를 키우는데 저 때문 에 그럴 수 없죠. 그러면 가난한 동물은 더욱 가난하 게 되는 것이죠. 그리고 그것은 계속 순환되는 겁니다. 결국 그렇게 농장의 전체 음식의 크기는 작아지고 모 두는 가난하게 되었습니다.

헛간도 없고 음식도 없는 상황에서 그들이 무엇을 할 수 있겠습니까? 자신을 농장에 귀속시키고 저에게 충성을 다해야죠. 그래야 살 수 있으니까요. 차가운 목줄을 그들 스스로 자신의 목에 차는 것입니다. 저는 그것을 잡기만 하면 되고요. 그렇게 저는 그들을 다스 리게 되면 되는 것이죠.

아, 그러면 저를 지지하는 동물들이 없어서 쫓겨나지 않냐고요? 그렇지 않아요. 저는 매주 지지율을 조사했습니다. 다섯 마리의 동물을 무작위로 선정해서요. 그런데 그곳에서 매주 네 마리가 넘는 동물들이 저를 지지했다니까요. 제가 황금 집에서 농장을 다스리는 것에 대한 당위성이 있었죠. 어떻게 그럴 수 있냐고요?

간단합니다. 여론조사라는 것은 표본을 어떻게 잡냐에 따라 다릅니다. 진짜 농장의 동물 중 무작위로 선정하면 아마 네 마리의 동물이 저를 지지하지 않을 수도 있죠. 그렇지만 농장의 동물 중 양들을 대상으로 조사를 하면 어떻겠습니까? 매주 네 마리 이상의 동물이, 높으면 다섯 마리의 동물이 나를 지지하겠죠.

처음에는 동물들이 이 지지율을 믿지 않았지만 계속하니 이제는 믿더라고요. 한탄을 하면서요. "도대체 누가? 왜?"라는 질문을 많이 할 겁니다. 그렇지만 계속해서 그런 지지율이 나오니 받아들이는 거죠. 그리고 내가 조사를 하지 않았지만 누군가는 그 일을 했다고 체념하겠죠. 제가 아까도 말했지만 거짓도 반복하면 진실이 된다 하지 않았지 않습니까? 같은 원리입니다.

아, 저기 좀 보십시오. 이게 무슨 상황입니까. 사내 놈들이 주먹다짐을 하려는 것 같군요. 뭐가 그렇게 마음에 들지 않는다고 저러는지 참으로 한심합니다. 공공장소에서 저런 행패를 부리다니. 저런 자들은 규율로 엄격히 다스려야 합니다. 그래야 다시는 그렇게 할 수 없지요. 강력한 규율을 통해 실체는 없지만 은연중에 자신을 보는 느낌을 주어 스스로의 행동에 책임을 부여해야죠. 규율 앞에서는 모두가 평등합니다. 범죄에 대한 강한 규율은 저런 상황을 방지하지요.

저런, 싸움이 길어지는 것 같습니다. 커질 것도 같고요. 저 싸움에 끼어들지 않기 위해서 우리는 자리를 좀 피하는 게 좋을 것 같습니다. 왜냐하면 싸움이 커지면 경찰이 들어올 텐데 그들은 저를 싫어하거든요. 그리고 싸운 녀석들도 저를 핑계로 스스로 싸움의 이유를 정당화할 것입니다. 내가 문제라고요. 그러면 제가 아무리 항변해도 저의 말은 무의미한 말이 되겠죠. 저는 그들이 싫어하는 존재니까요. 자신의 밑에서 가축으로 살아야 하는데 자신과 같은 위치에 있다는 것은 참을 수 없는 행동일 겁니다. 싸운 녀석들이나 경찰이나 똑같습니다. 모두 저를 싫어하는 거예요. 그렇게 경찰은 나를 체포하겠죠. 아무 이유도 없이요. 눈엣가시를 없애는 것이죠. 그리고 심판의 날에는 번듯하게 입은 사람들이 그들의 화를 적합하게 만들고 그 화의 원인을 나에게 뒤집어 씌울 겁니다. 그렇기에 제가 그들에게 잡혀 버린다면 참으로 골치 아파집니다. 그러니 어서 자리를 옮깁시다. 저의 안전을 위해서요.

2장

아! 술집 밖으로 나오니 한결 낫군요. 저 좁은 술집에서는 조금 답답했습니다. 나를 보는 그 시선들이 나를 옥죄어서 불편하거든요. 외톨이 같다는 느낌을 받았습니다. 제게는 친구가 없으니까요. 그렇지만 외톨이는 세상을 바꿉니다. 모든 일에 깃발을 들고 선두에 서 있죠. 선두에 선 저는 홀로 모든 것을 안고 거친 바람을 안고 나아 갑니다. 힘들고 외롭지만 큰일을 하는 것이지요. 제가 그래서 농장을 바꾸지 않았습니까?

제가 가는 길은 이쪽입니다. 아, 당신이 가는 길을 저쪽이라고요? 그렇다면 잠시 앉아서 이야기를 좀 하죠. 오늘은 날씨가 참 좋아서 밖에서 벤치에 앉아 이야기하기 참 좋습니다. 이 밤의 공기 냄새도 좋고요. 저는 밤의 공기를 참으로 좋아합니다. 밤은 우리의 눈을 어둡게 만들지만 다른 감각을 더욱 일깨워 주거든요. 후각과 청각을 발달시켜 상쾌한 공기의 냄새와 조용한 귀뚜라미 소리에 집중할 수 있어요. 자, 집중해 보세요. 저기 귀뚜라미가 감미롭게 우는 소리, 물이 졸졸졸 흐르는 소리. 이 모든 것을 밤은 포근하게 덮어줍니다. 매일 농장에서 같은 밤을 보내더라도 저는 참 좋아요.

이 밤공기 냄새를 맡으며 농장의 아래에서 사는 동물들을 보면 그 풍경이 따뜻하게 나를 덮어줍니다. 저의 노력으로 세운 농장. 언제 보아도 뿌듯하다니까요. 지금에서야 이상적인 농장을 세웠지만, 그것은 그렇게 얻기 쉬운 것이 아니였습니다. 지금까지 저의 발목을 잡는 일들이 많았거든요. 당신도 그럴 것입니다. 대의를 이행하는 데 있어 장애물은 참으로 많거든요. 우매한 동물들은 저의 큰 뜻을 모르니 어쩌겠습니까. 제가 참아야죠. 그것이 진정한 우두머리죠. 저를 방해하는 것들을 이겨내고 저만의 길을 나가야 합니다. 그것이 같은 농장의 동물이라도요.

어떻게 그럴 수 있냐고요? 당신도 정치하면 알겠지만 배신당하는 일은 많습니다. 같이 행동한 동물들이 배신하고 자신들끼리 편을 만들어 저에게 대응한다면 저는 참을 수 없는 분노에 휩싸이게 됩니다. 저도 감정을 가진 동물이라 가끔 마음의 감정이 저를 향해 손을 내미는 것을 잡을 수밖에 없습니다. 순간적으로 화가 나지만 언제나 이성을 되찾고 엄격하게 대응을 하는 것이지요. 그리고 그들을 측은하게 바라봅니다. 모두에게 행복한 농장을 만드는데 그 시간을 참지 못하고 나에게 대항하다니요. 성급하고 기다리는 미덕이 부족한 녀석들입니다.

토끼와 닭들은 저를 참 놀라게 만든 동물들입니다. 처음 그들은 나를 잘 따랐지만, 나중에 가서는 저를 배신하더라고요. 아, 그 배신감은 참. 감당할 수 없는 느낌이었습니다. 믿었던 동물들이 그러다니요. 제가 잘못 알고 있나 생각이 들었지만 갈수록 저를 괴롭히더라고요. 참으로 순한 동물이지만 몇몇은 저를 곤경에 빠뜨리는 것이 두 얼굴을 가진 동물이라는 것을 알 수 있었죠. 얼굴은 귀엽고 착해 보이지만 속은 독을 품고 있는 독사와 같았죠. 정말 놀랐습니다.

토끼의 경우 기부를 통해 조금 더 행복하게 해 주려고 했습니다. 할머니 토끼의 경우 과거 인간들에게 받은 피해로 힘들게 살고 있었거든요. 저는 그녀를 도와주고자 했습니다. 이는 저와 함께하는 '미'라는 암돼지의 제안이었죠. 미는 참으로 훌륭한 동물입니다. 기부를 통해 농장에 온기를 불어넣어 주니까요.

그리고 제가 다른 농장에서 왔다고 이야기했죠? 그래서 저는 마땅히 돈이 없었답니다. 활동하기 위해서는 많은 돈이 필요한데 이를 해결해야만 했습니다. 그래서 생각해낸 것이 바로 기부였죠. 동물들에게 기부금을 받고 하나의 단체를 만들어 내가 그 단체의 장이 되는 것입니다. '십시일반'이라고 여럿이 조금씩 주더라도 모이면 커지지 않습니까? 그것입니다. 저는 단체를 만들어 저의 일을 하며 돈을 받고 적당한 금액을 토끼에게 주었습니다.

정말 아름답지 않습니까? 모두가 하나를 위해 협동하고 같이 살 수 있도록 하는 것이요. 이타적인 마음으로 서로 함께하는 세상을 만드는 것은 그 어떤 보석보다 빛나는 상황이지요. 신이 보셨다면 자애롭다고 칭찬을 했을 것입니다.

그렇게 기부는 정상적으로 잘 흘러가고 있었습니다.

동물들은 모두 열심이었고 할머니 토끼를 위한 기부에 너도나도 동참했죠. 돈을 기부받는 수요일마다 수레가 가득 차게 돈이 모였습니다. 저는 그것을 할머니 토끼에게 주면서 평화롭게 활동을 했습니다. 축복이 가득하고 따뜻한 농장이었죠.

그런데 말입니다. 일이 일어났습니다. 할머니 토끼가 모든 동물들에게 사실을 말한 것입니다. 우리가 기부라는 명목으로 받은 돈을 모두 주지 않는 다면서요. 그리고 우리가 기부받은 돈을 몽땅 가진다며 저를 나쁘다고 지목했습니다.

당연하지만 금액 중 몇 부분만 주고 어느 부분은 나와 미가 같이 가졌습니다. 당연하지요. 나는 그 일을 하는 데 있어 어느 정도 보수가 있어야 하니까요. 세상에 공짜는 없는 법입니다. 돈은 하늘에서 뚝 떨어지지 않아요. 과정이 있고 결과가 있는 것이죠. 공짜를 바란다면 분명 대가를 치를 겁니다.

저를 그런 시선으로 보지는 말아주세요. 눈을 게슴츠레 뜬 것이 저를 의심하는군요. 그렇지만 저는 정당하다고 자신 있게 말할 수 있습니다. 생각을 해보세요.

받은 돈을 어떻게 모두 할머니 토끼에게 줄 수 있겠습니까. 어느 정도는 이를 기획하고 준비한 저와 미의 몫으로 가져가야지요. 이 일을 하는 데 저에게 아무 보수도 없는 것은 너무 부당합니다. 저는 노예가 아니에요.

그리고 저희의 기부의 명목은 단순히 할머니 토끼에게 돈을 주는 것이 아닙니다. 진실을 밝히고 할머니 토끼를 괴롭힌 인간에게 사과를 하라고 하기 위해 그 돈을 모금한 것이지요. 흔히 동물들이 생각할 수 없는 여러 군데에 사용을 했습니다. 단순하게 생각하시면 안 된다니까요.

허, 물론 제가 조금은 가져가긴 했습니다. 그렇지만 지금까지 한 일들을 이렇다고 부정할 수는 없잖아요? 할머니 토끼를 위로하고 안아주면서 하는 동물이 있나요. 제가 처음이고 이를 시작했습니다. 할머니 토끼를 생각하면서 지금껏 누구도 하지 않은 행동을 직접 몸으로 뛰면서 실천을 했는데요.

저를 비판하는 동물들은 자신이 지고 있는 죄는 까맣게 잊고 있는 것 같습니다. 그저 헛간에서 정의를 내세우고 이제는 기부 활동을 하지 말아야 한다면서 말로만 지껄입니다. 그들이 지금까지 할머니 토끼를 위한 활동을 했나요? 그저 보고만 있으면서 남을 위한 일을 하지 않고 자신을 위한 일만 하면서 그러는 것은 그들도 참으로 위선적이라는 겁니다. 막상 그들에게 이 일을 하겠다고 물어보면 귀찮고 바쁘다고 하지 않을 거면서요.

그러면서 자신들은 정의로운 척 교양 있는 말투로 저에게 비난을 하고 있습니다. 비난한다며 말하는 것을 듣고 있으면 참으로 구역질이 납니다. 빌어먹을 녀석들. 그때를 생각하면 그들의 말은 입에 담기도 싫습니다. 이런 식으로 할머니 토끼를 위한 일을 하는 우리를 매도할 수 있다니요.

그리고 이 기부 활동으로 할머니 토끼에게 피해를 입힌 인간들에 초점이 맞춰져야 하는데 우리끼리 이렇게 싸우면 안 되지요. 동물들의 분노는 잘못된 곳으로 향해있는 것입니다. 참으로 잘못되었지요.

그런데 계속해서 동물들은 저에게 받은 돈을 어디에 어떻게 썼는지 알려달라고 합니다. 그런데 제가 어떻게 그것을 알고 다 답변해 줍니까? 저는 모든 것을 외우고 다닐 정도로 한가하지도 않고 똑똑하지도 않아요. 그것을 모두 답할려면 제가 그동안의 모든 것을 외워야 하는데요. 제가 모조리 외운다는 것은 말이 안 됩니다. 한 달이 되도록 기부가 이어졌는데 제가 어떻게 한 달 동안의 일을 다 외우고 있답니까? 당장 어제 일도 기억이 가물가물한데요.

당신도 당장 어제 무엇을 먹었는지 생각하라고 하면

잘 기억이 나지 않으시지요? 그것은 당연한 것입니다.

기록이 있지 않냐고요? 저의 손으로 어떻게 기록을 합니까? 손가락도 없는 이 짧은 손으로 기록을 모두 할 수는 없어요. 당신들은 모르겠지만 동물이 글쓰는 것은 매우 힘든 일이에요. 그리고 그것을 일일이 다 기록하는 것은 말이 되지 않습니다. 앞뒤가 맞지 않는 상황에서 저를 그렇게 계속 몰아붙이니 저도 화가 나서 더 이상 이야기를 하고 싶지 않더군요. 저는 그렇게 침묵을 했습니다.

그런데 이 끈질긴 동물들은 지치지도 않고 계속 저와 미에 대해 말을 했죠. 이번에는 미를 내쫓으라고요. 그들이 오해해서 알고 있는 것에 대해 제가 무슨 수로 미를 내치겠습니까? 내칠 이유가 없어요. 큰 범죄를 저지른 것도 아니고 그저 자신의 일을 한 것 뿐입니다. 그 과정에서 자신의 몫을 조금 가져갔는데 그것으로 내친다는 것은 말이 안되지요. 합당하지 않다고요.

그리고 만약 미가 정말 잘못하였다 하더라도 나의 가장 훌륭한 조력 도우미인 미를 내칠 수는 없습니다. 그녀가 저에게 얼마나 많은 도움이 되었는데요. 저희는 언제나 서로를 위하고자 맹세를 했다 이 말입니다. 그래서 저는 미를 보호했죠.

단순히 미는 함께하는 동물이 아니라, 나에게 큰 의미가 있습니다. 만약 가장 친한 동물이 나에게 악의를 품으면 어떻게 되는지 아십니까? 곧바로 최고의 적이 되어 가장 무서운 존재가 되어버리는 것입니다. 순식간에 나의 목을 옥죄일 수 있어요.

나와 함께한 동물들은 나에 대해 속속들이 알고 있답니다. 무슨 생각을 하는지, 어떻게 행동을 하는지, 어떤 것을 좋아하는지, 또 습관이 무엇인지. 나에 대해 모든 것을 알고 있어요. 그 말인즉슨 나의 약점도 알고 있고 이를 이용할 수도 있다는 것입니다.

내가 그들을 보호해야 그들도 나를 보호합니다. 내

가 그들의 잘못을 감싸 주지 않으면 아주 큰 재앙이 일어나요. 나에게 앙심을 품은 녀석은 흑심을 품고 나를 내치려 할 겁니다. 그렇게 세력을 모으겠죠. 그러면 반역이 일어나고 그 녀석이 최고가 되고 나는 저 밖으로 내쫓깁니다. 1등이 되어도 우리는 늘 2등, 3등을 조심해야 합니다. 언제 얼굴을 바꾸고 내 뒤에서 총을 머리에 겨눌지 알 수 없습니다. 그래서 저는 미를 보호하고 나를 보호하고자 모든 일에 있어서 가장 중요한 침묵을 유지했습니다. 입을 닫고 그들의 말에 나서지 않았어요.

동물들의 기억에는 한계가 있어요. 모든 것을 다 기억할 수 없고 신경쓸 수 없다는 것입니다. 그리고 기억이라는 것은 자주 들여다 보지 않으면 망각이 집어삼켜버립니다. 제가 겪은 불리한 사건들에 대해서는 침묵을 지키는 것이 좋습니다. 동물들이 관심을 가질 수 없게요.

침묵은 금이라는 말이있죠. 참으로 멋진 말입니다. 제가 침묵을 하면 그들의 아우성은 하늘로 퍼져 버려 듣는 동물이 없어져 버리죠. 말하는 입은 있는데 듣는 귀는 없습니다. 그렇게 그들의 소리는 작아지고 울다가 지쳐 버려 결국 조용히 하게 되지요. 그리고 잊어버리게 됩니다. 영원히요.

만약 제가 이에 대해 대응을 한다면 동물들은 더욱 들고 일어날 겁니다. 말 하나의 꼬투리를 잡아 저를 끌어내리려 하겠죠. 그 말이 합당해도 변명이라 할 것이고요. 그러니 침묵은 저희의 가장 소중한 친구입니다. 당신도 이를 꼭 알고 있으세요. 잘 기억하세요. 침묵은 금이라고.

조금 더 응용한다면 불리한 일에는 침묵, 유리한 일에는 떠들썩하게라고 말할 수 있겠군요. 자, 따라해보세요. 다시 한번 말해보세요. 네, 좋습니다. 이제 정치에 한 걸음 더 다가갔군요.

혹시 침묵만으로 되지 않는다면 차라리 다른 장난감을 그들에게 던져주세요. 그들이 관심을 가지고 즐겁게 물고 뜯어도 좋을 만한 사건을요. 관심의 방향을 나에서 다른 곳으로 환기시켜 버리세요. 나에게로 오는 비판의 화살은 이제 다른 쪽으로 향하고 당신은 자유를 얻어야 하니까요. 많은 사람이 좋아하는 유명인의 사건이나 세계적으로 큰 사건이 일어나면 그것에 사로잡혀 나에 대해 잊어버리죠. 사람들이 보는 모든 뉴스에 대해 우연이라고 생각하지 마세요. 대체로 우연이지만 몇몇 큰 사건에 대한 우연은 없습니다. 철저한 계산만이 있을 뿐.

그런데 저도 침묵만으로 되지 않은 것이 있었죠. 닭들이 저의 침묵에도 크게 반항했는데요. 토끼뿐만 아니라 닭들도 저를 참 많이 괴롭힌 동물들이죠. 원래는 저를 돕는 착한 동물들이었답니다. 그러나 그들은 저를 배신했죠. 그들이 무슨 일을 했는지 아십니까? 저와 함께하는 동물들의 흉을 보았다니까요.

저와 함께하는 돼지와 개가 닭들의 알을 훔쳤습니다. 그들은 그것을 폭로했죠. 제 잘못이 아니지만 그들은 저에게 이 일에 대해 대답을 하라고 요구하더군요. 그 일이랑 제가 무슨 상관입니까? 저는 저고 그들은 그들이죠. 그러나 닭들은 저에게 최고 돼지이니 모든 것을 책임져야 한다면서 진실을 요구했죠.

그리고 나와 같은 동물들은 정의를 추구하는데 그깟 것이 그렇게 대수인가요? 대의를 위한 작은 희생인데 그들은 그것도 배려하지 못하다니 정말 마음에 여유가 없습니다. 나 같으면 훔치기 전에 흔쾌히 그 알들을 줄 텐데요.

그래도 다행히 저의 충실한 심복인 양들은 저를 보호했죠. 훔친 알을 폭로한 닭에게 달려들어 온갖 폭언과 욕설을 했답니다. 그 기세에 눌린 닭들은 그만 꼬리를 감추어 버렸죠. 저에게 대항한다면 어떻게 되는지 보여주는 본보기였습니다. 그래야 동물들이 저와 반대 의견을 자랑스럽게 내놓지 않죠. 양들은 음식 몇 개로 이렇게 저에게 충실합니다. 제 손에 꼭 피를 묻히지 않아도 돼요. 훌륭한 나의 양들.

진실. 참 좋죠. 그러나 그 진실이 밝혀진다면 저는 저의 죄를 인정하는 꼴이 되어버립니다. 그리고 사과를 해야 하죠. 사과라는 것은 잘못을 인정하는 것입니다. 그것이 전제 조건이죠. 내가 잘못했다고요? 저는 잘못이 없어요. 제가 사과할 일이 뭐가 있습니까? 알들을 훔친 것은 그들인데요.

정의의 여신이 나타나 제가 잘못을 했다 하면 저는 고개를 숙일 것입니다. 그러나 그녀가 떠나고 나면 나는 잘못이 없다고 큰 소리로 외칠 것입니다. 제 일에 대한 사과와 잘못을 인정하는 것은 제가 지금까지 살아온 생에 대한 부정이고 내 삶에 대한 의미가 없다는 것을 인정한다는 것이죠. 내가 투쟁하고 열심히 걸어

온 길이 공허로 변하는 것은 차마 볼 수 없는 과정입니다. 진실이 그렇다 하여도 나는 차라리 색안경을 끼고 밝게 빛나는 내 인생을 보겠습니다.

어쨌든 로키라는 개, 개들의 서열 중 2등이죠. 로키는 정의감에 불타올라 돼지를 수사하려고 했습니다. 그래서 저는 그 돼지를 아무도 모르게 죽였죠. 그 돼지는 당황하여 모든 사실을 다 불어버릴 테니까요. 차라리 죽이는 게 나았습니다. 그 돼지 하나 없다고 저에게 큰 해가 되지는 않으니까요. 가끔은 희생이 필요한 법이죠.

그러나 개가 문제였습니다. 모든 개를 이끄는 그 개는 제가 황금 집에 있도록 보호하는 중요한 개였죠. 그녀를 죽일 수는 없었습니다. 그래서 그녀를 최대한으로 보호했죠. 그녀가 없다면 다른 개들의 이빨이 누구를 향할지 알 수 있으니까요.

저는 그렇게 침묵을 지켰습니다만 귀찮게 다른 닭이

말을 하더라니까요. 몰래 조용히 로키에게요. 왜 은밀히 알렸는지 모르겠지만 아마 보복이 두려웠겠죠? 나의 충실한 수호병인 양들이 두려워 몰래 한 것 같습니다. 그렇지만 그게 몰래 될까요? 미는 그 닭이 로키에게 말하는 것을 보았죠. 그리고 그 닭의 실명을 공개했습니다. 저는 아무것도 하지 않았습니다. 그러나 우리 양들이 알아서 잘 처리했죠. 그 닭이 잠에 빠져드는 시간인 밤에 시끄럽게 울어댄 것입니다. 잠을 방해했죠. 그렇게 다시는 저에 대한 반대를 하지 말라는 본보기를 보였습니다. 몰래 해도 소용없다고요. 그러자 금방 그 닭은 조용해지더라고요. 다행히 그 이후로도 큰 사건이 없어서 이 사건은 그렇게 지나갔습니다.

그런데 지금까지는 어느 정도 감수할 만한 일들이었습니다. 이후 저의 농장 생활 중 가장 큰 사건이 일어났습니다. 기쁨과 슬픔이 공존한 복잡한 사건이죠. 이 사건은 가장 저를 옥죄었습니다. 그 때문에 머리가 아팠던 일이었죠. 우리 농장의 닭이 멧돼지들에 의해 죽은 사건입니다.

농장의 위편에 벽이 있다고 이야기했죠? 그 벽으로 닭 한 마리가 벽의 틈새로 잠시 목을 내밀었던 모양이더군요. 자세하게는 모르겠습니다. 아마 닭이 모습이 보이자마자 멧돼지는 가차없이 그 닭을 죽였을 겁니다. 아마 멧돼지들이 닭이 남의 땅에 침입을 할 거라 생각한 모양입니다.

저는 멧돼지가 그러지 않으리라 생각했는데 닭을 죽이다니 조금 놀랐습니다. 그러나 멧돼지의 마음을 저는 이해합니다. 침입을 하는 닭이 해가 될 것이라 생각할 수도 있죠. 그래서 저는 그 생각에 대해 공감을 하기 때문에 닭이 죽는 것을 알고 있었지만 가만히 있었습니다. 이 사건에 대해 저도 참 마음이 아팠습니다만 멧돼지의 행동은 정당하니까요. 근처에 있어서 남의 땅에 들어가려는 오해를 불러일으킨 닭이 잘못한 거죠.

이를 방지하기 위해서는 농장과 멧돼지의 땅을 합치는 일을 하는 것이 좋지 않겠어요? 그런데 멧돼지와 같이 살려니 과거 사이가 좋지 않았던 둘을 합친다는 것은 어려운 일입니다. 저는 멧돼지와 같은 땅을 가지고 함께 살기를 원했지만 농장의 동물들은 반감이 심하더군요. 그 벽 때문에 이런 일이 생긴 것인데 동물들은 같이 살기는 참 싫다고 하더군요. 벽만 없으면 이런 안타까운 사건은 일어나지 않는 것인데….

그렇지만 이는 마냥 슬픈 일이 아니었습니다. 이로 인해 우리는 더욱 친밀해지게 되었죠. 평소 말이 없던 멧돼지들이 이에 나에게 말을 한 것입니다. 미안하다고요. 저는 그 소식을 받고 참으로 기뻐했습니다. 짧은 말이지만 드디어 소통의 물꼬가 트였다고요. 아무 말도 없는 멧돼지들은 이 일로 저와 다시 소통을 시작했습니다. 얼마나 기쁜 일입니까. 짝사랑이 드디어 이루어지나 생각했습니다. 황금 집에서 쾌재를 불렀죠. 그런데 일이 늘 순탄하게만은 흘러가지 않습니다. 멧돼지와 소통이 트였지만 농장의 동물들이 반발을 하더라고요. 닭의 죽음에 대해서 왜 멧돼지에게 항의를 하지 않냐고요. 내가 농장의 동물을 위하는 것이 맞는지 물어보기도 했습니다.

그렇지만 제가 어찌 그러겠습니까? 멧돼지들은 미안하다고 했거든요. 그 이상 제가 어떻게 하겠습니까? 미안하다 했는데 제가 그 앞에서 그들을 깎아내리고 욕을 할 수는 없는 일이잖아요. 미안하다 하는 동물 앞에서 비난하는 것은 사과를 받지 않는 행위이며 그들을 폄하하는 일입니다. 침입하려는 동물을 막은 정당한 행위인데 그에 맞서 악담을 퍼붓는다면 그것은 천박한 동물이지요. 예의가 없는 것입니다. 서로 함께 친밀한 관계를 유지하려면 사과를 받고 용서해야 하는 것이지요.

과거는 과거로 놔두고 새롭게 나아가야 합니다. 서로

가 어떤 잘못을 했든 과거는 묻어두고 가야합니다. 우리 사이의 관계를 방해하는 일에 대해서는 넘어가야 해요. 제가 아까 말했죠? 침묵은 금이라고. 이 사건. 멧돼지와 농장이 관계를 악화시킬 수 있는 이런 사건에 대해서는 침묵해야 합니다. 이런 날을 기억하는 것은 서로 친해지는 데에 있어 방해가 될 거예요. 그러니 침묵으로 동물들이 이런 사건에 대해 잊어버리게 해야 합니다. 과거 사건도 잊어버려야 하고요.

그러는 와중에 로키는 다시 한번 정의감에 불탔는지 멧돼지를 혼내려 했습니다만 저는 그를 막았죠. 이미 사과를 한 멧돼지들의 화를 돋우면 안되니까요. 죽은 닭은 안타깝지만 그의 희생으로 농장에는 평화가 올 것입니다. 대의를 위한 작은 희생이지요.

저를 보는 시선이 조금 좋지 않아진 것 같군요. 제가 너무하다고요? 허허 저런. 그러나 제 이야기를 들어보세요. 이런 일에 대해서는 인간도 똑같습니다. 예를 들어 보겠습니다. 인간들이 만든 영화를 좀 보세요. 주인공인 영웅은 어떻게 합니까? 악당을 막기 위해 건물을 부수고 총을 난사하잖아요. 그 과정에서 시민들이 죽거나 받은 피해는 어떻습니까? 비탄에 사로잡혀 울부짖는 모습이나 고통받는 장면은 화면에 잡히지도 않고 바로 넘어가잖아요?

그리고 영웅이 악당을 잡고 나면 나중에 나타나서 눈물을 흘리며 그들을 위로합니다. 그러면 시민들은 환호하고 그를 숭배하는 것입니다. 몇몇 시민을 보호하지 않아도 영웅은 시민들에게 박수와 기쁨으로 대접을 받고요. 이 사건도 똑같습니다. 그들의 처지에 대해서는 안타깝지만 우리를 막아서고 있는 나쁜 상황을 물리치기 위한 희생이니 그냥 넘어가는 거죠. 영웅이 부수는 건물과 토지에 대해서 우리가 용인하듯이요. 당신도 잘 알고 계십시오. 대를 위해 소를 희생할 일은 많을 겁니다. 물론 둘 다 위하면 좋지만 그것은 참으로 어려운 일이거든요.

아직도 이해가 되지 않으신가 보군요. 그래요. 듣는 것보다 실제로 몸을 쓰고 머리를 사용하면 제가 무슨 말을 하는지 이해할 겁니다. 당신이 일을 하다 보면 분명 이러한 일이 생겨날 것이에요. 그 선택의 과정에서 당신은 자신의 신념에 따라 행동하면 되는 것입니다. 어떤 것이 이득인지 어느 것이 손실인지 계산을 해야죠.

생각을 해 보니 닭과 토끼만 저를 괴롭힌 것이 아니었군요. 처음부터 저를 싫어하는 동물이 있었죠. 염소였는데 그도 죽었습니다. 너무 잔인하다고요? 잠시만 제 얘기를 들어보시죠.

염소는 저를 처음부터 싫어했지요. 제가 하는 일에는 사사건건 반대를 하고 싫어했습니다. 정말 귀찮았죠. 저 염소를 어떻게 해야 하나 생각했습니다. 차라리 죽여 버려야겠다 생각도 했습니다. 그러던 어느 날 이었습니다.

저는 많은 일을 처리하느라 머리가 아파 파란 하늘을 천장 삼아 풀 숲에 누워 있었습니다. 바람이 갈대를 이용해 부르는 노래를 들으며 쉬고 있었는데 옆에 어떤 곤충이 보이더라고요.

그 곤충은 사마귀였습니다. 그런데 사마귀가 자신의 종족을 잡아먹고 있었습니다. 참으로 놀랐죠. 그리고 의문이 들어 관련 서적을 찾아보았습니다. 서로가 싸우느라 그랬는지 배가 고파서 그랬는지 궁금했죠.

책에는 사마귀 암컷은 새끼를 위한 양분이 필요해 수컷을 잡아먹는다 하더라고요. 그 때 저는 생각이 번개 치듯이 번쩍 들었습니다. 나도 앞날을 위한 희생은 필연적이구나 라고요. 같은 종족이라도 나의 부강한 힘을 위해서 목숨을 거둘 수밖에 없다고요.

친한 돼지도 죽였는데 한 번이 어렵지, 두 번이 어렵나요. 그래서 저는 염소를 산에서 밀어뜨려 죽였죠. 발을 헛디뎌 죽었다고 하고요. 놀랍게도 동물들은 그걸 믿더라고요. 아니면 믿는 척을 했을까요? 잘은 모르겠습니다. 그들의 마음 하나하나를 제가 알 수는 없으니까요.

아! 어느새 저는 저의 농장에 가야겠군요. 저는 할 일이 많답니다. 저에 반대한다는 동물들 소문이 들려서요. 이들을 막아야 합니다. 급하지는 않아요. 개들만 나의 편이라면 늦장 대응을 해도 개들이 알아서 잘 처리해 주니까요.

그래도 저는 일단 시간이 늦었으니 가서 잠을 자야겠습니다. 그리고 다음 날 저는 맑은 정신으로 다시 농장을 이끌 것입니다. 농장은 이쪽 길입니다. 인간 세상을 저쪽이고요. 잘 가시기 바랍니다. 혹시나 저에 대해 궁금하거나 물어보고 싶은 것이 있다면 저를 다시 찾아오십시오. 저는 성심껏 도와드리겠습니다. 농장 입구에 오세요, 제가 환영해드릴 테니.

3장

정말 오랜만입니다. 어떻게 이곳까지 오셨습니까? 오시는 데 얼마나 걸렸죠? 네, 정말 오래 걸렸군요. 혹시 어디서 사시는지 여쭤 봐도 되겠습니까? 어휴 참 멀리서 오셨네요. 어떻게 이 먼 곳을 찾아오셨나요? 무슨 일이 있나요? 아, 단순히 저를 보기 위해 찾아왔다고요? 이것 참. 감동입니다. 제가 그렇게나 도움이 되었다니 영광입니다.

저희가 헤어진지 얼마나 되었죠? 일 년이 지났다고

요? 벌써 시간이 이렇게 되었다니. 제가 농장을 키운다고 너무 바쁘게 살았나 봅니다. 그런데 일 년의 시간 동안 당신도 많이 힘들었나 봅니다. 얼굴이 피폐해졌군요. 살이 좀 빠진 것 같고 얼굴도 조금 창백해졌습니다. 얼굴은 그 사람의 인생을 요약하는 한 편의 그림인데 당신은 참으로 고되었나 봅니다. 단순하게 건강이 안 좋은 건 아닌 것 같은데요. 아, 영악한 사람들을 대하다 보니 그렇게 되었다고요? 참으로 힘들었겠습니다. 그렇지만 우리같이 위대한 생명들은 그런 과정을 늘 겪는 것이지요. 언제나 영웅 앞에는 악당이 출현하기 마련입니다. 그래서 영웅은 늘 피곤하지요. 너무 염려하지 마세요. 늘 악당과 싸우다가 절정에 이르러 우리는 그들을 물리치고 평화를 되찾는 것이지요.

자, 입구에만 서 있지 마시고 어서 들어오세요. 농장 구경도 하면서요. 참 넓지요? 동물들도 모두 심성이 착하답니다. 저의 말을 잘 따르고 열심히 일하니까요.

이 농장 동물 중에서 저는 소를 참으로 좋아한답니다. 쓸데없는 생각 없이 늘 맡은 일을 잘 하거든요. 그리고 저에 대해 관심도 없고 저에 대해 잘 알지도 못하는 동물이니까요. 제가 가는 길을 방해하지 않아요.

아! 조심하십시오. 장미의 가시는 참으로 날카롭답니다. 찔리면 상처가 아주 깊게 남지요. 그러니 조심해서 지나가야 합니다. 장미 밭을 보고 놀라는군요. 참 예쁘죠? 제가 만든 것이랍니다. 향기가 나지 않는다고요? 당연하죠. 인조장미인데. 365일 내내 피어있어야 하니까요. 저를 위해서죠. 이것이 있어야 저를 반대하는 시위를 하지 않습니다. 개들을 이용해서 시위를 막는 것도 좋지만 그건 제가 너무 난폭하고 못된 동물로 보이잖아요? 그건 좋지 않아요. 저는 다른 동물과 사람들에게 그런 동물로 기억되고 싶지는 않습니다. 그래서 아예 시위할 공간을 주지 않는 것으로 시위를 막았죠.

네? 제가 시위는 좋다고 했다고요? 맞습니다. 시위는 좋죠. 단 그것이 올바른 정의를 향할 때 좋다는 것입니다. 정의를 해치는 것은 옳지 않지요. 그런 시위는 길거리 시정잡배들의 풍물놀이에 불과하답니다. 정의의 대표인 저를 해치려 하는데 저를 향한 시위는 옳지 않습니다. 당연히 막아야죠. 제가 없으면 농장은 반드시 다시 혼돈이 올 것입니다. 무질서를 규율로 바로잡고 절대적인 결합을 위해 저는 필수적인 존재입니다. 저는 그러한 분열을 막을 필요가 있어요.

만약 그들이 시위에 성공해도 족쇄에 익숙해진 그들은 자유가 막막하게 느껴질 겁니다. 그리고 다시 족쇄를 차겠지요. 그러한 과정에서 혼돈은 그들도 어찌할 수 없죠. 그리고 그러한 상태가 심화 된다면 농장이 무너질 수도 있답니다. 그래서 저는 시위를 정당하게 막았답니다.

그나저나 오늘은 어떤 일로 오셨습니까? 아 지금은

훌륭한 정치인이라고요? 정계에 발을 들여 활동을 열심히 한다고요? 정말 축하드립니다. 성공하셨군요. 당신은 이제 위대한 그림자 살인마가 되셨습니다.

무슨 소리냐고요? 이제 당신의 손에 많은 사람들의 목숨이 달렸단 말입니다. 세상에서 많은 사람들을 죽인 살인자라고 기억되는 자는 아무리 많아도 몇십 명 몇백 명입니다. 그렇지만 당신은 천 명, 만 명을 넘어 수십만 명의 사람을 죽일 수 있어요. 직접적으로 목숨을 끊는 것만 살인이 아니지요. 간접적으로 살인을 하는 것도 살인입니다. 당신이 살인자의 명부에 오르지 않고 재판을 받지 않아서 그렇지 당신은 그림자 살인마입니다. 아무도 모르게 많은 사람들을 죽일 수 있으니까요.

기분이 나쁘셨다면 죄송합니다. 유머였습니다. 조롱이 아닙니다. 그만큼 당신에게는 엄청난 권력이 생겼고 많은 목숨이 당신의 손짓과 말 하나에 결정된다는 것이죠. 이제 당신은 위대한 사람입니다. 자신감을 가지세요. 진심입니다. 제가 한 말이 큰 도움이 되었나 봅니다. 그런데 무슨 어려움이 있길래 저를 찾아왔나요? 아 그렇지요. 네네. 그렇습니다. 당연한 일이죠. 우매한 대중들은 우리의 의견에 반대하고 이해를 하지 못할 수 있습니다. 큰 어려움이 있죠. 이에 대해 어떻게 헤쳐 나가야 할지 고민이 든다고요? 걱정하지 마십시오. 제가 알려드리겠습니다.

일단 여기 황금 집 안으로 들어오세요. 네. 그 의자에 앉으시면 됩니다. 차 한 잔 마시지요.

이 달걀로 만든 차, 어떻습니까? 제가 참 좋아하지요. 닭들이 저에게 매일 조공하는 달걀이랍니다. 신선하고 맛있지요. 이 향과 맛이 좋은 차를 그대에게 드릴 수 있어 영광입니다.

아이고 저런. 당신의 찻잔이 깨졌군요. 죄송합니다. 괜찮다는 말씀 마세요. 조금이라도 흠집이 있다면 부쉬 버리고 새로 맞춰야지요. 차를 마시는 당신이 다치니까요.

그 찻잔을 수입한 양들이 다시 한번 사고를 친 것 같군요. 배송을 하는 데 있어 깔끔하게 하지 않고 게으름을 피워서 그렇습니다. 죄송합니다. 이 녀석들이 요즘 계속해서 실수를 저지르는데 야단을 쳐도 말을 듣지 않더군요. 제대로 된 생산을 하지 않으며 돈만 받기 원하는 저 품성이 과거 나에게는 도움이 되었으나 요즘은 나에게 짐을 지우는군요. 여기 제 차를 드세요. 저는 아직 손도 데지 않았답니다.

차가 맛있다고요? 다행입니다. 저희는 참 생각이 같군요. 저와 같은 훌륭한 생각을 가진 당신을 대중이 이해를 못하다니. 참으로 안타깝습니다. 이런 분을 모두가 따르고 지지해야 하는데요. 그렇지 못하다니 애석합니다. 공동체 의식이 나라를 이끄는 데 있어 얼마나 중요한 일인데요. 개인이 하지 못하는 일은 공동체가 할 수 있어요. 그리고 공동체가 행복해야 진정한 나라의 행복입니다.

대중들이 당신의 이런 아름다운 생각에 동의하지 못할 수 있습니다. 그렇다면 그들 스스로 당신의 생각에 빠져들도록 해야죠. 그 생각에 사로잡혀 빠져나올 수 없도록 붙들어 매야 한다는 것입니다. 거의 세뇌가 될 정도로 교육해야 하지요.

자, 잘 들으세요. 이것 하나만 기억하면 된답니다. 생각을 바꾸는 것은 힘들지만 하나의 큰 계기만 있다면 그들은 당신과 생각을 같이 할 수 있어요. 당신의 왕국을 만드는 일이죠. 그 큰 계기란 바로 당신의 나라에 큰 위기를 가져오는 겁니다.

우리는 혼돈 속에서 헤엄치는 무서운 상어입니다. 우리는 무질서를 통해 양분을 얻으며 살아가는 것이죠. 그것만큼 우리의 사상을 빛나게 해주는 것은 없습니다.

우리는 혼돈을 위해 가장 안정적이고 평화적인 가정도 깨트려야 해요. 조각조각 나눠서 우리가 가져갈 수 있도록요.

혼돈이 세상을 잠식할 수 있는 가장 좋은 방법은 전쟁과 질병입니다.

한 개인이 스스로 살 수 없는 환경을 만드세요. 거대한 국가 공동체에 속하지 않으면 죽음뿐인 환경을 만드세요. 너무 과격하다고요? 끝까지 들어보십시오. 대의를 위한 작은 희생입니다. 그 과정에서 죽는 동물도 많겠지만 그들을 기리며 우리는 더 나은 세상을 향해야 합니다. 대를 위해 소를 희생하는 방법이지요. 원대한 결과를 위한 어쩔 수 없는 과정입니다.

아직 이해가 되지 않나 보군요. 제가 했던 일을 알려드리겠습니다. 그러면 이해가 잘 되겠지요? 간단하게 말해서 군중들의 혼돈은 우리에게는 곧 평화입니다. 어지러운 상태에서 그것을 질서 있게 바로잡을 동물은 바로 우리이고 그들은 저를 잘 따르게 되지요. 그 혼돈을 잠재울 동물은 나밖에 없으니까요. 모든 동물들이 저의 말에 순응하고 따라오게 됩니다.

그리고 혼돈이 일어나기만 한다면 모든 개인은 스스로가 공동체로 종속되기를 원할 겁니다. 제멋대로인 객체를 공동체로 개조할 수 있는 가장 좋은 계기지요. 혼돈인 상태에서는 개인 혼자서는 사회에서 살 수 없어요. 과거 집단을 이룬 동물들이 생존에 있어 유리하듯 개인들은 공동체가 필요합니다. 그것이 문제에 있어 효율적이며 빠르게 대처를 할 수 있었거든요. 여러 동물이 의견을 내는 술렁거림은 공동체에 있어 큰 걸림돌입니다. 한 동물이 단호하고 굳건하게 그들의 의견을 종합해 이끌어야죠.

생각을 해보세요. 역사적으로 군중을 이끄는 것은 한 사람이었습니다. 그들의 지도자가 대중을 이끌고 세상을 향해 나아가죠. 모두가 탄압 받고 힘들게 살고 있을 때 영웅은 어떡하죠. 멋지게 빛을 내며 나타난답니다. 어둡고 습한 환경에서 살아가는 대중 앞에 말을 타고 온화한 빛을 내며 다가오는 거에요. 그러면 사람들은 신을 본 것 같이 그를 숭배합니다. 그리고 온몸을 바쳐 그를 따르죠. 그의 말 한 마디에 움직이고 생각한답니다. 그리고 그의 뒤꽁무니만 보면서 졸졸 따라가죠.

당신의 경우는 이 빛나는 백마 탄 왕자와 같죠. 이미 준비가 되었습니다. 그러면 이제 필요한 것은 무엇일까요? 네, 맞아요. 비참한 환경에서 살아가는 사람들이죠. 당신이 빛나기 위해서는 불쌍한 사람들이 많이 있어야 한답니다. 모두가 빛나는 상황에서 당신의 빛은 중요하지 않고 흔한 것입니다. 어둡고 피폐한 사람들이 주변에 많이 있어야지요. 어둠이 있어 빛은 더 아름답고 밝으니까요. 그 불쌍한 사람을 만드는 방법이 바로 사회에 큰 혼돈을 주는 것이죠. 질병과 전쟁으로요.

혼돈은 잘못된 기존 질서를 파괴하니까요. 파괴된 자리에 이제 우리의 사상을 세울 수 있습니다.

저의 경우 이 혼돈을 질병으로 일으켰습니다. 전쟁도 괜찮습니다. 당신이 편한 대로 하시지요. 나라끼리 싸우는 전쟁을 일으키는 것은 참 쉬워요. 각자가 다른 문화를 가지고 있으니 생각도 다르고 환경도 다릅니다. 심지어 해와 달이 보이는 시간도 달라요. 말도 다르고 생각도 다릅니다. 이렇게 서로가 다름에 따라 생기는 차이를 곧 갈등으로 만드세요. 그리고 나아가 혐오로 만드세요. 사람들에게 그들이 어떻게 잘못되었다고 말하고 그들 때문에 우리가 어떤 피해를 입는지 교육시키는 것입니다. 그들의 나쁜 점만 지속적으로 꾸준하게 선전하는 것이지요. 나라끼리 경쟁도 싸움이니 대결 구도를 붙이세요. 그러면 상대 나라는 적이라는 여론이 생겨나게 됩니다. 게다가 그 나라의 소수 의견이지만 과격하게 우리를 비난하는 종족들의 의견을 다수의 의견처럼 선전하세요. 그러면 엄청난 효과가 발생됩니다. 그러면 상대 나라도 그에 맞서 증오가 생겨나고 그렇게 전쟁은 생성되는 것입니다. 전쟁을 일으키는 것은 참 쉬워요.

전쟁이 일어나면 죽을까봐 걱정된다고요? 원 저런. 걱정도 많으셔라. 당신은 나라의 머리이며 기둥입니다. 그래서 당신이 죽을 일은 없어요. 우리가 팔 하나 다리 하나가 없어도 살아갈 수는 있지만 머리가 없으면 살 수 없습니다. 그렇기에 당신은 최고의 보호를 받는데 무슨 걱정입니까. 그러니 전쟁이 일어나도 당신은 그저 관제탑에서 뒷짐을 지며 그들이 싸우는 것을 지켜보면 되는 것입니다. 직접 나가서 총과 무기를 들고 싸우는 자들이 있으니까요. 당신은 그들을 조종하는 것이지요. 직접 전쟁을 하지 않아도 됩니다. 마치 현실적인 체스를 두는 것이라 생각하면 될 것 같이요.

이렇게 하는 전쟁도 좋지만 저는 좀 다른 방법을 썼

습니다. 왜냐하면 전쟁이 일어나면 저희와 적이 있어야 하는데 멧돼지와 싸우는 것은 맞지 않거든요. 그렇다고 인간들과 싸우는 것은 저희가 질 위험이 있죠. 그들의 최신 무기와 대응을 한다는 것은 힘든 일입니다. 폭력에 굶주린 인간들이 무슨 무기를 숨기고 있을지 나는 알 수 없어요. 그리고 마을과 싸운다면 옆 마을까지 합쳐져 나와 싸울 수 있습니다. 그렇게 되면 욕심 많은 인간들은 싸워서 이긴 저의 농장을 소유할 것이고 지배하겠죠. 그리고 멧돼지까지 침범하여 모두 자신의 것으로 만들겠죠. 아, 그래서는 안 됩니다. 그건 상상도 하기 싫군요.

그래서 저는 질병을 선택했습니다. 저의 경우는 붉은 개미를 들였죠. 인간에게는 개미가 별일 아니겠지만 저희 동물들은 붉은개미와 함께하는 것이 힘이 들어요. 많이 치명적이지는 않지만 그들이 물면 우리는 고열과 무기력에 빠지고 드물지만 심하면 죽음을 맞이하게 되죠. 심지어 그 붉은개미는 주위 동물들에게 전염이 된답니다. 같이 있으면 같은 증상이 나타나게 되죠. 이를 알아버린 저는 곧바로 실행에 옮겼습니다.

저는 붉은개미와 우리 농장을 연결하는 길을 만들었습니다. 붉은개미를 환영하는 길을 만들었죠. 개미들이 들어오는 데 걸림돌이 없도록 돌을 치우고 풀을 베었습니다. 그리고 그 길에 작은 먹이를 놓았죠. 단 냄새를 맡은 개미들은 완벽한 길을 따라 너도나도 할 거 없이 농장으로 들어왔죠. 그렇게 붉은개미는 우리 농장에 들어오게 되었지요.

그 과정에서 저와 돼지들의 발자국이 찍혔지요. 동물들은 저를 의심했습니다. 제가 일부러 그랬나 하고요. 갑작스러운 질문에 조금 당황했지만 저는 순발력을 발휘해 위기에서 벗어났습니다. 저보다 먼저 최고 돼지의 역할을 맡은 돼지의 탓으로 돌렸지요. 그가 이런 일을 저질렀다고 말했죠. 그가 쫓겨난 것에 대한 앙

심을 품고 농장을 해치려 했다고요. 그러자 동물들은
놀라더군요. 저의 말을 믿었습니다. 그렇겠죠. 설마 제
가 농장을 위기에 빠뜨리라고는 생각할 수 없으니까
요. 물론 거짓말이지만 논리적으로 말했기에 의심하
는 동물들은 없었답니다.

모든 사건이 일어난다면 가장 먼저 해야 하는 합리
적인 추측은 이 일로 인해 누가 가장 이득을 보았는가
입니다. 그놈이 바로 범인일 가능성이 굉장히 높으니까
요. 그것이 계획적이거나 우발적이거나 상관없습니다.
이 사건이 어떤 영향을 미치고 이로 인한 파장이 어디
까지 뻗쳐 궁극적으로 누구에게 가장 득이 되는지 알
아야합니다.

물론 이것을 알기는 어려워요. 셜록홈스같은 천재마
저도 이를 찾기 위해 몇 페이지에 해당하는 노력을 했
는걸요. 그것을 일반적인 동물들이 알기는 참으로 어
려운 일이죠.

제가 붉은개미를 퍼트리면 동물들이 제가 대응을 잘하지 못했다고 질책을 하지 않냐고요? 아마 일반적인 경우는 그렇겠지요. 어떤 일에 대해 가장 높은 위치에 있는 생명은 책임을 져야 하니까요. 그것이 올바른 리더이자 우두머리니까요. 그렇지만 우두머리가 회피하는 방법이 있습니다.

바로 사건에 대해 다른 이유를 찾는 것이지요. 모든 동물은 결과에 대해 반드시 원인을 찾습니다. 다시 반복되지 않게요. 그러나 이 시선에서 우리는 벗어나야죠. 제가 가르쳐 주지 않아도 이것은 우리의 본성이라 당신이 알아서 그렇게 행동하고 있을 겁니다. 자신이 정의롭다는 마음 깊은 곳의 불변의 명제를 깨뜨리기 싫어하는 마음으로 자신의 죄를 다른 이유들에 떠넘기는 것이지요. 우리는 스스로 정의라고 생각하는 이유 때문에 나락에 빠진 자신을 보고 싶지 않고 나를 위로 올려줄 수 있는 간섭도 내쳐 버리는 경우가 있어요. 그래서 우리는 가끔 다른 것들을 나의 발 밑에 놓은 뒤 자신은 이들보다 우월하다며 스스로를 위로하는 것을 볼 수 있죠.

저도 같은 동물인지라 붉은개미를 퍼진 것은 전의 최고 돼지의 계략이며 우연이라고 했죠. 조금 사회적으로 중요한 위치에 있지 않는 동물이면 더욱 좋습니다. 배척 받는 동물이죠. 효과가 배가 되지요. 저의 경우 그것을 저보다 먼저 최고 돼지를 맡은 녀석으로 만들었죠. 그러면 그때부터 붉은개미가 창궐한 것은 그 녀석 때문이 되는 것입니다.

당신의 경우에는…. 음, 어떨까요. 사회적으로 배척받는 집단이며 멸시받는 집단. 그러면서 당신이 좋아하지 않는 집단. 인간세상에서는 주류가 아닌 집단. 종교나 소수자의 집단이 가장 좋겠군요. 돌팔매를 던져도 스스로의 양심이 떳떳하고 위축되지 않을 수 있는 험담을 해도 마땅한 집단이나 개인이 좋지요. 누군가

떠오르나요? 좋습니다. 그러면 이제 준비가 다 된 것입니다.

어쨌든 저는 농장에 붉은개미들을 퍼트렸습니다. 몇몇의 동물들이 열과 토를 하면서 힘들게 죽었죠. 그들의 일에는 안타까웠지만 저는 그 죽음을 생각해 저의 일에 더욱 박차를 가했답니다. 붉은개미의 일에 대해 동물들은 공포심을 느꼈죠. 그리고 저의 말에 잘 따르기 시작했습니다. 순응한 것이죠.

자, 잘 들으세요. 다시 한 번 말하지만 이제부터가 중요합니다. 동물들의 위기는 저에게는 기회입니다. 눈앞에 질병에 사로잡힌 그들은 이성적인 사고가 불가능하고 시야가 좁아집니다. 억눌려 있던 본성이 분출하여 극도로 활성화되지요. 생명에 직접적으로 연결된 공포니까요. 세상 그 어떤 생명도 자신이 죽는 것은 원하지 않습니다. 그렇기에 내면의 숨겨진 스스로의 목소리에 귀를 기울이며 본능적으로 행동을 하게 되지요. 숨겨진 감정에 있어서 더욱 솔직하게 되는 것입니다. 이기적이고 감성을 따르죠. 그러면서 나의 행동에 관심이 적어져요. 저는 그 점을 이용했습니다.

그래서 일단 저는 비둘기들을 이용했습니다. 전염병을 옮기지 않기 위해서는 모두가 통제되는 것이 옳습니다. 그래서 모두가 비둘기를 한 마리씩 가지고 있어 그들의 모든 것을 감시했죠. 누가 누구를 만나고 병을 옮겼는지 알기 위해서였습니다. 자유를 제한하지만 위기에서는 그런 것이 소용없습니다.

비둘기를 모두가 하나씩 가진다는 것은요. 참으로 큰 의미입니다. 저의 큰 그림이지요. 멀리까지 본 저의 혜안이랍니다. 이 비둘기라는 것은 안전을 토대로 한 하나의 감시장치이지요. 동물들이 무슨 말을 하는지, 무슨 생각을 하는지, 무슨 행동을 하는지 제가 모두 알 수 있는 장치랍니다. 혹시나 그들이 반란을 일으키거나 저의 험담을 하면 즉각 대응을 하기 위해서였죠.

앞서 쥐도 헛간에 배치해 모두를 감시했지만 역부족이었죠. 헛간뿐만 아니라 외부에서도 감시해야 해요. 농장의 평화를 위해서입니다. 외부와의 전쟁은 괜찮지만 내부전쟁은 좋지 않아요. 모두가 나의 통제를 받으며 살면 되는데 이에 반란을 일으킨 것은 옳지 않아요. 이렇게 감시를 해도 저의 통제에 맞추어 농장에서 잘 살아가는 동물은 전혀 해가 없답니다. 문제가 없어요.

그리고 모임도 제한했죠. 모이는 것은 병을 옮기겠다는 행동이니까요. 그리고 혹시나 저에게 반대하는 세력들의 모임을 막기 위해서였습니다. 저에게 반항을 하는 동물들은 반드시 모여서 제 이야기를 하고 힘을 키울 테니까요. 그것을 막자는 취지였죠. 나를 해치는 공동체의 파괴와 더불어 나에게 종속된 공동체의 형성이죠.

모임은요. 늘 아침을 여는 새벽과 같은 존재예요. 모

든 시위와 반란은 모임에서 시작됩니다. 의견이 맞는 서로가 모인다면 생각을 공유하고 좀 더 그 사상에 일체되는 것이지요. 그러면서 용감해진답니다. 그리고 새로운 아침을 위해 모두는 나아가죠. 그러니 저는 모임을 모두 막았지요. 모두의 안전을 위한다는 명목으로요. 안전 앞에서는 누구도 장사 없습니다. 죽음 앞에서는 모두 평등하거든요.

그리고 저는 옷을 배급했습니다. 붉은개미를 막기 위해서는 옷이 필요했거든요. 서로가 서로에게 옮겨가지 않도록 해야죠. 그렇지만 이것을 계기로 배급을 시작했습니다. 제가 말씀드렸죠? 농장 동물 모두가 음식과 헛간을 배급받아야 한다고요. 동물들에게 음식과 헛간을 바로 배급하기보다는 천천히 저의 사상에 물들도록 해야합니다. 병의 확산을 막기 위한 배급을 통해 제가 준비한 배급에 대한 인식을 스며들게 하고 익숙해지도록 말이죠. 그리고 배급이 옳다고 생각하도록 말이죠. 황금 집이 옳고 모든 것을 관리하는 것이 올바르다고요.

사실 이를 위해 농장의 모든 옷을 제가 태웠습니다. 옷이 품귀해야 모두 옷을 배급받기를 원하거든요. 농장에 닥친 위기에서 제가 있어야 더욱 빛이 난다고 인식을 해야죠. 그리고 저의 배급은 좋다고요.

그렇지만 배급이라고 무상으로 하는 단순한 배급이 아닙니다. 저는 돈을 받고 배급을 했죠. 옷의 원가가 있는데 어떻게 그것을 무료로 배급합니까? 돈을 받아야지요. 제가 배급하는 것이니 비싸지는 않지만 그렇다고 싸지는 않은 가격으로 배급했습니다. 그렇게 판 돈은 모두 제가 가졌죠. 저도 자금이 필요하거든요. 그리고 제가 이런 일을 했는데 보수가 없다면 누가 이런 일을 하겠습니까? 당연히 받아야 할 가치가 있죠. 돈은 나의 사상에 자유를 부여할 수 있으니까요. 그렇게 저도 돈을 가지니까 많이 가지는 것은 기분이 좋더라고요. 많이 소유하는 것은 참으로 기분이 좋은겁니다. 저도 소유의 기쁨을 얻었죠.

그런데 동물들이 말입니다. 옷을 배급했지만 입지 않는 동물들이 있었습니다. 그러자 저의 머릿속에서는 반짝이는 생각이 찰나에 들었습니다. 서로가 서로를 감시하는 방안이었죠. 옷을 입지 않은 동물을 고발하면 큰 상을 주는 방식으로요.

참 효과적입니다. 서로가 서로를 감시한다면 기본적으로 의심은 마음속에서 피어오릅니다. 서로가 믿을 수 없는 존재가 되어버린 것이지요. 이는 모임을 축소시키고 모이더라도 함부로 의견을 공유하지 못하게 합니다. 혹시나 모임에서 누군가가 스파이와 같은 행동으로 들어와 있을 수 있으니까요. 제가 감시할 필요가 없어요. 스스로가 생각하는 자신을 그리고 나를 제외한 주변을 감시하니까요.

자, 잠시 차를 한 잔 마십시다. 계속 이야기를 했더

니 목이 마르군요. 당신도 제 무용담을 듣는다고 조금 힘들 텐데요. 한 동물이 다른 동물의 말을 집중해서 듣는 것은 어려우니까요. 듣는 것도 엄청난 체력이 필요하답니다. 입을 여는 것도 힘들지만 귀를 여는 것도 힘들어요. 아, 괜찮다고요? 다행입니다. 저의 말에 관심이 많으신가 보군요. 그렇겠죠. 관심이 많으면 무슨 말을 해도 재밌습니다.

아 기록을 하고 계시는 군요. 한번 보시죠. 잘 적으셨습니다! 기록이라는 것은 참으로 중요하지요. 잃어버린 기억을 다시 되살아나게 해주니까요. 그래서 말을 할 때 기록한 것을 읽는 것이 참으로 좋습니다. 기록 없이 말을 하면 순간 본심이 튀어나오고 횡설수설하니까요. 나의 생각이 드러나는 것은 위험한 행동이지요. 그러니 많은 동물들 앞에서 말을 할 때는 기록한 것을 읽으세요. 기록 속 글을 말로 하면 명확하게 잘 전달되니까요. 글은 나의 가면이고 가면을 쓴다면 사람들은 당신의 말에 껌뻑 속을 겁니다.

그러니 대본을 보지 않고 연설하는 자는 정말 무서운 자입니다. 가면 없이 본 모습을 사람들에게 보여주어도 거리낌 없이 환심을 살 수 있으니까요. 눈을 마주치고 표정을 보며 훨씬 더 진심을 전달할 능력이 있습니다. 그것이 자신의 본심이고 외우지 않아도 자신의 생각을 훌륭하게 표현을 하니까요. 당신을 반대하는 자가 그런 자라면 조심하세요. 그자는 당신을 갈기갈기 찢을수도 있으니까.

그러고 보면 정치라는 것이 참 웃겨요. 그저 단상 앞에서 선한 얼굴을 짓고 모두에게 힘찬 목소리로 환상을 심어주면 그 때 나의 세상은 시작되는 것입니다. 제가 무슨 생각을 하고 있는지는 알 수 없어요. 평소 저의 행실을 관심있게 보지 않는 이상 불가능합니다.

정치는 있죠. 하나의 수단입니다. 나의 이상세계를 현실화 시켜줄 하나의 수단이요. 가끔 혼자있게 되면 저는 상상을 합니다. 당신도 하지 않나요? 상상 속에서 우리는 강력한 힘을 가진 마법사이고 전지전능한 신이 되기도 합니다. 그렇지만 방법이야 어찌 되었든 결말은 모두 같습니다. 내가 세상을 마음대로 할 수 있고 대중들은 나를 우러러본다. 그렇지만 이건 상상이고 이룰 수 없다는 것을 나도 알고는 있습니다. 그러나 다행히 현실에서 이와 비슷하게 만들 수 있는, 나에게 강력한 힘을 주는 것은 정치입니다. 그렇기에 정치에 있어서는 단상의 녀석이 무슨 생각을 하는지 사상이 가장 중요하답니다. 그렇지만 군중은 어떤가요?

정치인이란 청렴하고 공정한 위대한 인물이 되어야 한다고 하지요? 반은 맞고 반은 틀립니다. 공정한 인물이 되면 좋지요. 그러나 그것보다 우선시 되고 더 중요한 것은 일단 그의 사상입니다. 그가 무슨 생각을 가지고 있는지 알 수 있는 사상이요.

단순하게 선함을 두고 지도자를 뽑는다면 차라리 저기 길에서 사탕을 물며 걷는 어린아이를 지지하고 대통령으로 뽑아야하지요. 가장 순수하고 죄가 없으며 청렴하니까요. 그 어린아이는 어떠한 죄도 없습니다. 또한 모두를 평등하게 보고 있는 깨끗한 눈을 가지고 있죠.

그런데 정치는 단순하게 그것만 보면 안 된다는 것입니다. 하지만 대다수의 군중들은 그것을 몰라요. 알 수가 없죠. 생각을 해보지를 않았는데. 그렇지만 생각을 해보면 사상이 가장 정치에 있어서 핵심이랍니다. 사상으로 지도자를 가려야해요.

사상은 배의 방향입니다. 지도자는 선장이고 대중들은 배 위의 선원들이죠. 선장은 배의 방향을 정하고 자신의 뜻대로 가는 의무가 있습니다. 그래서 선원들은 선장이 어디로 가는지 어떻게 가는지 알아야 하지요. 선장만이 배의 운전대를 잡을 수 있고 어디로 갈지 아니까요. 한 번 운전대를 잡으면 일정기간 동안은 그 손잡이는 주인이 바뀌지 않습니다. 그래서 자신들의 지도자를 뽑는 것은 정말 중요한 일입니다. 자신을 지상낙원으로 데려갈 수도 있고 사고를 내어 물에 빠뜨릴 수도 있으니까요.

그런데 정말 안타깝게도 대중들은 이런 것을 몰라요. 선거를 단순하게 링 위에서 싸우는 격투라고 생각하는 듯 합니다. 그러니까 저놈이 아니면 이놈을 선택하는 것이지요. 그래서 상대와 토론을 할 때 사상으로 토론을 하는 것이 아니라 상대를 깎아 내리는 방법이 먹히는 겁니다. 저놈이 지면 내가 이기니까요.

공정하게 규율로 국가를 외국에 파느냐, 부정이 있지만 나라를 지키느냐 중 뭐가 중요한 지는 스스로 생각해보세요. 물론 대다수의 정치인은 부패해서 공정하게 나라를 팔 수는 없을 것입니다. 공정하다고 면죄부가 되지도 않고요. 그렇지만 가장 중요한 것은 역시나 사상입니다. 자유를 중시하는지, 경제를 중시하는지, 다수를 중시하는지, 생명을 중시하는지, 공정을 중시하는지. 제 질문에 대한 답은 이미 당신도 알고 있을 것입니다. 그 기록으로 생각하세요.

기록을 하여 사회를 보는 것은 좋습니다. 그러나 농장과 인간사회는 비슷하지만 조금 다릅니다. 제 말을 들었지만 인간 세상에 적용하고 응용하는 것은 조금 더 생각이 필요합니다.

일단 당신의 생각을 들어볼까요? 지금까지 저의 말로 얻은 것은 무엇입니까? 어떻게 적용을 하지요?

잘 들었지만 제가 보충설명을 해드리지요. 인간세상을 기준으로 말하겠습니다. 대부분은 비슷하겠지만 조금 세부적인 부분이 조금 아쉬워서 말하겠습니다.

일단 대중에게 공포와 두려움을 주는 것은 같아요. 지속적인 공포를 부여하면 개인은 공동체로 뛰어가고 공동체 지도자의 지배를 정당화하니까. 그렇지만 단순히 공포만 주지 말고 모두가 집에 있도록 몰아넣으세요. 거리에 사람이 하나도 없게! 사람들이 눈을 뜨게 하지 말란 말입니다! 고립된 상황을 만들어 흡사 계엄령을 선포하는 것이죠.

사람들을 집으로 몰아넣으면 정말 좋아요. 그들은 집에만 있어 세상을 볼 수 없습니다. 그들이 야외 활동 없이 집에 있으면 무엇을 하지요? 그렇지요. TV만 본답니다. 내부에서 외부의 매체만 보고 멍청하게 눈을 뜨고 있답니다. 세상을 직접 볼 수 없으니까요. 그러면 당신은 당신의 검열을 거쳐 만든 영상만을 보여주면 됩니다. 그러면 그들은 당신이 선정한 사실로만 외부 세계를 볼 수 있는 거예요. 그들이 보는 것은 단순히 TV를 틀면 나오는 영상이 아니라 당신이 계획한 것들만 보는 것이에요. 영상을 본 사람들은 자신이 선택한 영상을 본다고 생각하겠지만 그들은 선택을 당한 거예요. 그래서 내가 그들을 사실로 조종하는 것이죠. 사실은 단순한 사실이지만 내가 그것에 대한 방향을 설정해 준다면 그것은 칼이 될 수도 있고 화살이 될 수도 있어요.

자, 계속합시다. 글을 쓰는 당신을 위해서 조금 천천히 말하겠습니다. 어디까지 얘기했죠? 아, 그렇죠! 지금까지 위기를 기회로 활용하는 방법을 말했습니다만 사실 위기가 생기면 저조차도 어떻게 할지 조금 갈피가 잡히지 않는답니다. 그렇지만 이를 위한 좀 더 확실한 방법을 제가 알려 드리겠습니다. 이 방법은 참으로 좋은 방법이지요. 농장이 위기에 처하지 않아도 쓸 수 있는 방법입니다. 평상시에도 쓰는 좋은 방법이죠. 제가 농장을 저의 농장으로 다시 세우기 위해서는 농장을 한 번 전복시켜야 한다고 말했나요? 이 방법은 한 마을, 아니 국가를 전복시킬 만한 엄청난 방법이죠. 바로 내부싸움을 붙이는 것입니다.

동물들이란 원래 야생에서 생활했습니다. 그래서 어떤 것을 물어뜯고 사냥하고 싶어지는 것이 본성이죠. 야생에서 우리는 모두 적입니다. 그리고 그 속에서 무리를 이루고 상대를 잡아먹는 것은 당연한 일이지요. 지금 우리는 규율을 통해 이 본성을 억누르고 살아가는 것입니다. 그러나 그 본성은 없어지지 않는 동물, 그 자체입니다. 마음속 어딘가에 억눌려 있는 것이죠. 어떤 계기만 있다면 그것은 반드시 분출됩니다. 저는 그 본성이 나오도록 만들었습니다.

그리고 나는 그 본성을 이용했죠. 동물들은 반드시 누군가를 물어뜯으면서 살아야 해요. 당연히 그 방향이 내가 되도록 하면 안 됩니다. 그렇다면 방향을 다른 쪽으로 향하도록, 즉 서로를 보게 했죠. 그러면 서로는 의미 없이 짖다가 지치겠죠. 그러면 그 약해진 농장, 마을, 국가는 반드시 무너집니다. 그 후 나는 그것을 나의 방법대로 건설하면 되는 것이죠.

방법은 간단합니다. 편을 가르면 되는 것이지요. 꼭 누구를 지정하지 않아도 되는 것입니다.

한 가지의 기준을 정한다면 반드시 편을 나눠집니다. 단 두 가지로요. 예를 들어, 가난한 동물과 부유한 동물. 이렇게 나누는 것이 가장 좋습니다. 애매하게 추상적으로가 아닌 기준을 정해서요. 헛간을 가진 동물과 가지지 않은 동물. 그렇게 말입니다. 또는 성별, 인종 여러 가지가 있지요. 그것들도 확실히 눈에 띄고 확연한 차이로 인해 큰 효과를 볼 수 있지요.

그리고 한 편에게는 불이익을, 한 편에게는 이익을 주십시오. 그러면 둘은 야생의 동물들처럼 반드시 싸우게 됩니다. 이익을 받은 동물은 자신의 것을 지키기 위해 저를 지지할 것이고 이익을 받지 않은 동물은 못 받은 것을 억울해 하죠. 그러면 이익을 받지 않은 동물은 저를 욕하는 것이 아니라 이익을 받은 동물들을 욕합니다. 본질을 깨닫지 못하고 눈 앞에 보이는 먹이에 눈이 멀어 상대를 물어뜯는 것이지요. 차별을 제공한 건 나지만 갈라진 그들이 서로를 물고 싸우고 있어요. 서로가 적이라고 생각하면서요. 믿지 못하는 눈빛이군요. 그렇지만 이것은 농담이 아닙니다. 믿지 않겠지만 사실입니다.

그러면 저에게 신경을 쓸 겨를이 없어집니다. 저를 욕하지도 않고요. 모든 신경이 상대를 향해 있는데 저에게 쓸 신경이 없죠. 그러면 저는 그것을 재미있게 보면서 내가 할일을 하면 되는 것입니다. 그 사이 나의 마음대로 규율을 바꾸고 나의 이익을 챙기면 됩니다.

아 잠시만요. 저를 부르는 소리가 들리는군요. 제가 분명히 당신과 이야기를 할 때는 들어오지 말라 했을 텐데 급한 상황인가 봅니다.

아 죄송합니다. 많이 기다리셨습니까? 아니라고요? 참 친절하셔라. 그래도 급하게 수습은 했습니다. 갑작스러운 소란에 죄송합니다. 궁금하십니까? 음…. 이걸 어떻게 해야 할까요. 그래요. 그래도 당신에게는 말해 주어야 할 것 같군요. 이것도 당신에게 도움이 되는 말일 테니까요.

저의 비둘기가 닭들 중 몇 마리가 시위를 계획한다는 소식을 전했습니다. 그래서 제가 급하게 자리를 비웠습니다. 그런데 이는 그냥 시위가 아니였죠. 인간의 힘을 빌린다는 것입니다. 반역이 아니겠습니까? 인간에게 농장을 판다는 것이지요. 인간들은 농장을 빼앗아 자신의 것으로 만들 테니 당연히 수락을 할 것이고요. 아 정말 어리석은 닭들입니다. 그래서 저는 농장을 떠나 인간세계로 향한 닭을 되돌아오게 할 방법을 말한 것입니다.

저는 그들이 사랑하는, 농장에 남은 동물과 알들을 이용했죠. 농장으로 돌아오지 않으면 그들을 죽이겠다고 협박하라는 지시를 내렸습니다. 그렇게 닭들을 돌아오게 만드려고요. 자신이 사랑하는 것은 곧 약점이 됩니다. 그들은 사랑하는 것을 지키기 위해 뭐든 하니까요. 자신을 바쳐서라도요.

너무 비열하다고요? 뭐 그렇게 생각할 수도 있습니다만 당신도 인간 세상의 대통령이 된다면 저처럼 할 것입니다. 당신이 어떻게 될지 궁금하군요.

이 일 때문에 제가 바쁠 것 같군요. 죄송하지만 오늘은 이만 가 주셔야 될 것 같습니다. 다행히 지금까지 제가 알려드릴 수 있는 것은 모두 알려 드렸습니다. 어떻습니까, 도움이 되셨나요? 네? 뭐라고요? 저의 이야기가 너무나 재미있고 흥미롭다고요? 다행입니다. 제가 너무 길게 말했을 텐데 잘 들어주신 것도 참으로 대단한 겁니다. 그만큼 당신이 인간 세상에 불합리함을 바꾸고 싶다는 의지가 드러나는군요.

거대한 하나의 세계와 맞서는 당신은 계란으로 바위를 치는 격이겠지만 의지와 신념 하나로 그 세계를 파괴할 수 있습니다. 그 앞의 어떤 두려움도 이겨내고 묵묵히 꾸준하게 나아간다면 당신에게는 큰 보상과 열매가 기다리고 있을 겁니다. 그러니 쉬지 않고 달려가세요. 그리고 그 끝에서 큰소리로 함성을 외치세요. 그 목소리는 당신만이 내는 소리가 아닙니다. 올바름을 찾은 당신 뒤의 시민들이 함께 환호하고 외칠 것입니다. 그러니 지금 바로 달려가세요. 뒤는 보지 말고 앞을 보면서 힘차게 나아가세요.

4장

어서오세요. 갑자기 무슨 일이십니까? 저는 저번의 그 만남이 우리의 마지막일 줄 알았거든요. 저의 조언이 더 이상 필요하지 않을 것이라 생각했는데요. 이미 당신에게 도움이 되는 것들은 모두 말했습니다.

그렇다고 당신이 찾아온 것이 반갑지 않다는 것이 아닙니다. 오히려 저는 아주 반갑습니다. 같이 대화를 나눌 상대가 저를 흔쾌히 찾아왔는데요. 저로서는 참으로 기쁜 일입니다. 비록 저는 기쁘지만 당신에게는 조금 기쁜 소식이 아니겠죠? 당신의 인생이 탄탄대로로 흘러간다면 저를 찾아오지 않을 테니까요. 바쁘게 일을 하면서 저를 까맣게 잊어버릴 것인데 그 바쁜 와중에도 저를 찾아오다니요. 이것은 당신에게 무슨 일이 일어난 것이 틀림없습니다.

당신을 격하게 환영하고 싶지만 저는 안타깝게도 지금 나이가 너무 많이 들었습니다. 몇 년 뒤 저는 죽음을 맞이하겠죠. 그렇지만 아직도 눈은 총명하고 가슴은 불타오른답니다. 약간 힘이 부족할 뿐이에요. 그래서 이 부족한 힘만큼의 부분을 나의 후계자에게 넘겨주고 있습니다.

숨 좀 고르세요. 깊게 숨을 들이마시고 다시 내뱉고. 허리는 꼭 펴세요. 지금이 선거철입니까? 허리는 왜 이렇게 꼬부라져 있나요. 선거는 지났다고요? 그러면 꼿꼿이 허리를 펴세요.

정치인은 허리가 늘 바닥과 수직으로 향해 있답니

다. 직업이 그들의 허리를 올바르게 만들어 주지요. 선거 전에는 땅을 보며 허리를 구부립니다. 선거가 끝나면 바로 허리를 쭉 펴는 것을 넘어서 허리가 뒤로 젖혀집니다. 그래서 정치인들은 허리가 늘 올바르게 균형을 맞추고 있는 것이지요. 그러니 지금은 허리를 올바르게 펴세요. 아직은 구부릴 때가 아닙니다.

나이가 든 건 저인데 당신이 더 힘든 것 같군요. 안타깝습니다. 이제 진정이 조금 되셨나요? 이리로 오는 길은 그렇게 경사가 높은 것도 아닌데 땀을 흘리시다니. 혹시 뛰어오셨나요? 아, 그건 아니라고요? 그렇다면 체력이 많이 달리다는 것이군요. 인간 세상에서 너무 힘들게 사느라 체력이 조금 떨어졌나요. 참으로 유감입니다.

자, 여기 앉으세요. 저는 책을 읽고 있었답니다. 저번보다 제 방이 조금 달라졌죠? 아니, 많이 달라졌을거예요. 높은 서재가 생기고 그 속에 멋진 책들이 많아졌지요. 저 알록달록한 색들의 향연을 보세요. 누가 봐도 고풍 있는 사색가의 방이 아니겠습니까? 게다가 그 앞에 있는 저만의 넓은 책상, 그 책상을 비추고 있는 밝은 스탠드. 어때요. 품격이 있어 보이지요?

교양 있는 동물이라면 책은 필수죠. 책도 아무거나 읽으면 안 됩니다. 저의 지식을 쌓을 수 있는 책을 읽어야지요. 여기서 나오는 지식과 지혜는 제가 활동하는 데 있어 큰 도움이 되니까요. 보통은 조금 어려운 단어를 쓰는 책 제목을 가지고 두꺼워 함부로 접근하기 힘든 책이 도움이 됩니다.

더불어 책을 읽는다는 것은 저의 지식을 조금 더 과시할 수 있는 행동입니다. 제가 동물들에게 이런 책을 읽었다고 하면 저를 어떻게 생각하겠습니까? 교양 있고 품위 있는 숭고한 동물이라고 생각하지 않겠습니까? 겉으로는 표현하지 않겠지만 속으로는 지식이 풍부한 동물이라고 저를 우러러보겠죠. 우매한 그들 사이에서 본연의 지식으로 빛을 내뿜는 저를 누구나 숭배할 겁니다. 그러니까 동물들에게 존경을 받기 위해서는 어느정도 책을 읽을 필요가 있습니다. 그러면서 저에 대한 인품을 과시하고요.

그리고 제가 이런 책을 읽었다고 말하는 것은 필수지요. 어떤 행동에 대해서 알리지 않으면 그것은 하지 않은 일이 되어버립니다.

생각을 해 보세요. 당신이 나라를 다스리며 어떤 행동을 하지 않습니까? 그것이 어떤 일이든 국가에 큰 이익이 되는 일이겠죠. 그런데 만약 당신의 일에 대해 사람들이 모른다면 그때는 어떨까요?

나중에 가서 사람들은 당신보고 어떤 기간 동안 무슨 일을 했냐고 물어볼 겁니다. 그건 단순한 궁금증이 아니에요. 당신에 대한 질책이지. 공격성이 띤 말이에요. "나라의 수장으로서 너는 무엇을 했냐"가 그들의 진심이죠.

그때 당신이 내가 이런 일을 했다고 말하면 과연 그들이 알겠다고 납득을 할까요? 천만에요. 그들의 귀에는 당신의 말이 변명 같이 들릴 겁니다. 사실을 말해도 그저 변명으로밖에 들리지 않을 겁니다.

그리고 그들은 생각하겠죠. '멍청한 녀석, 아무것도 하지 않았으면서 입만 산 놈이군. 정말 너가 무슨 일을 했다면 내가 알겠지.' 하고요.

이미 그들은 귀를 닫았어요. 그리고 당신의 말을 들을 거예요. 그러니 당신이 무슨 말을 해도 들리지 않는 것이 당연합니다. 당신의 말은 허공으로 사라져 흔적도 보이지 않겠죠.

하지만 그러면 안 돼요. 절대 안 되죠. 사람들이 당신을 우러러보고 진심을 다해 존경해야 합니다. "멋진 우리 수장님, 자애로운 우리 수장님." 이런 생각이 사람들의 마음에 들도록 해야 합니다. 그래야 그들이 당신에게 충성을 다하고 잘 따를 테니까요. 그것이 당신의 왕국을 만드는 힘입니다.

그러면 사람들이 당신의 업적을 기리고 알도록 하기 위해서는 뭐가 필요할까요? 당연하지만 그때 당신은 사람들이 필요할 겁니다. 예술하는 사람들이요. 특히 그림을 잘 그리는 사람들이면 더욱 좋지요.

당신의 업적에 대해 알 수 있도록 그림을 그리는 것이 가장 좋지요. 또는 매체를 만들거나요. 그리고 그것을 사람들의 눈에 띄게 가장 높은 곳에 매달아 놓는 겁니다. 모든 사람들이 볼 수 있도록요. 정치인, 노동자, 기업인 모두가 말입니다. 한 명도 빠짐없이 보도록 해야죠.

글을 걸어 놓으면 좋지 않냐고요? 어허. 아직 사람들에 대한 이해가 부족하군요. 사람들은 글을 좋아하지 않아요. 마치 글을 읽지 못하는 어린아이와 같죠. 조금이라도 긴 글이 있으면 바로 고개를 돌려 버려요.

그렇지만 그림이 있다면? 흑백이거나 색상이 들어 있

거나 상관 없이 그림이 있다면 단박에 이해하죠. 그리고 눈에 확 들어오고요. 그 형상이 잊혀지지 않아 머릿속에 강력하게 박혀버립니다. 잊을 수가 없지요.

그리고 그 밑에 간단한 단어를 써놓는 겁니다. 한 문장, 한 단어. 짧지만 강력한 의미가 담기도록요. 당신의 마음에 들게 새로운 신조어를 창조해도 됩니다. 문제가 없어요.

대신 그 단어가 사람들의 머릿속에 각인되도록 하는 것이 중요하죠. 그러면 사람들은 그 단어를 말할 때마다 당신을 기억할 것입니다. 영원히요. 우리의 자손이 태어나고 난 뒤에도요.

이렇게 저의 업적을 기리며 권력을 잡으면 좋을 것 같지만 우리에게는 여전한 고민이 있지요. 권력을 잡았지만 막상 우리 내면에 있는 욕심은 우리를 가만히 내버려두지 않아요. 더 많은 권력을 잡고 싶어요. 정치적인 권력만이 다가 아닙니다.

영웅이 악당을 물리쳤다고 만족하고 돌아가나요? 그렇지 않아요. 악당이 망쳐놓은 사회를 다시 복원하고 만들어야죠. 마무리를 지어야 합니다. 그리고 악당이 없어져도 어디서 악당이 다시 만들어질지 모릅니다. 악당이 만들어지는 싹을 제거해야죠. 그래서 우리는 가만히 있을 수 없어요. 우리의 일은 아직 끝나지 않았답니다.

어느 날 나는 농장의 일 때문에 온몸이 녹초가 되고 진이 다 빠져 물미역처럼 흐느적거릴 때가 있었습니다. 황금 집에서 쓰러져 보이는 것은 창문을 통한 하늘뿐이었죠. 생각은 소멸되었고 눈을 움직일 힘도 없었습니다. 그러는 와중 저는 지고 있는 노을을 보았죠. 참으로 아름다웠습니다. 해는 산 뒤에 가려졌어도 잔빛은 남아 흩뿌려져 하늘에 별처럼 남아있었답니다. 감상에 젖어 하늘을 향해 기도했습니다.

"오, 하느님. 아버지. 저를 오늘도 키워 주시고 양식을 주셔서 정말 감사합니다."

그런데 문득 생각이 났죠. 내가 누구에게 기도를 하는 것이지? 신인가? 악마인가? 나는 무엇을 위해 지금까지 이렇게 열심히 살아왔지? 정의란 무엇인가?

그리고 나는 비로소 느꼈습니다. 나는 나의 마음에 귀를 기울였고 정의는 없다고요.

처음 우리가 보았을 때 말했듯이 나는 우월한 상태의 나를 좋아합니다. 내가 바닥으로 떨어지는 것은 비참하고 좋은 기분이 아니지요. 그래서 나는 권력을 추구했습니다. 권력을 가지면 하늘 아래 누구보다 위에서 군림할 수 있거든요. 나의 모든 신경은 힘을 추구했어요. 그래서 어떤 수단과 방법이라도 사용해 권력 얻기를 원했죠. 권력을 위해서라면 나는 내가 사랑하는 친구들이라도 팔아버렸을 겁니다.

그래서 내면의 기본적이지만 가장 강한 감정인 사랑을 이용했습니다. 다른 동물들을 사랑하는 나의 마음을 정의와 함께 이용하여 권력을 잡으려고요. 그래서 정의와 함께 권력을 향해 나아갔지만 생각해보니 이것이 정말 옳은가 생각이 들었습니다. 그리고 생각했죠. 정의가 과연 있는 것인가. 내가 가질 수 있는 것인가. 그리고 생각했습니다.

정의는 무지개입니다. 환상이죠. 멀리서 보면 아름답게 빛나는 모양이 눈에 보이지만 막상 가까이 가면 눈, 코, 귀를 이용해도 실체를 찾을 수가 없어요. 우리가 정의롭다고 할 수 있는 것은 그저 누가 더 무지개에 가까이 있는지 상대적인 비교만 하는 것입니다. 비교할 타인이 없다면 우리는 이것이 선인지 악인지 알 수 없어요.

무인도에서 나홀로 하는 일에 대해 우리가 선악을 따지나요? 그럴리 없죠. 무인도에서는 내가 변호사이자 검사이자 판사인데요. 내가 나를 기소하고 변호하면서 맹쾌하게 판결을 내리니까요. 그곳에서 나는 늘

무죄입니다. 비교 대상이 없으므로 무슨 행동이나 정당화되는 것이지요.

또한 저도 정의롭다고 말은 하지만 사실 저는 정의라는 기준의 위치가 남들보다 위에 있기에 그렇습니다. 정의라는 잣대를 대어 주변 동물들을 깔아 뭉개고 나면 난 우월하다는 느낌을 받으니까요. 그리고 그것은 무지개에 가까이 다가가 신과 대화를 할 수 있는 자신을 만족시키는 위안이 됩니다. 오로지 비교만이 선을 발생시킵니다. 완전하고 실체를 가진 무지개는 없어요. 있다면 그건 신만이 보고 만질 수 있죠. 우리는 신의 등판만 보고 나아가면서 무지개에 가깝게 나아가려 하는 것이죠. 신의 무지개에 가까이 있는자만 생명으로서 존엄함을 얻을 수 있고 심판을 받을 수 있으니까요.

그래서 나는 생각했습니다. 무지개가 없다면 나만의 무지개를 만들겠다고요. 그리고 앞으로 우직하게 나아가기로. 내가 곧 무지개가 되어 정의가 되는 것입니다. 동물을 움직이는 모든 것들을 계속해야죠. 의료, 금융, 교통과 같이 군중을 움직이는 필수적인 요소들을 우리가 관리해야 하지 않을까요? 그래서 그들이 움직이는 팔다리들 하나까지도 우리가 교정을 통해 옳게 할 수 있게요. 그것이 올바른 사회니까요.

아이고. 제가 당신의 이야기를 들어야 하는데 오히려 제 얘기만 했네요. 죄송합니다. 제가 책을 읽고 갑자기 생각이 명철해지는 것 같아서 그랬습니다. 용서하십시오.

무슨 책이냐고요? '하임'이라는 작자가 쓴 책인데 별것 아닙니다. 궁금하세요? 그렇다면 간단하게 설명해 드리겠습니다. 단편소설이에요. 짧아서 금방 설명이 가능합니다.

햇살이 빛나는 겨울날 멧돼지 세 마리가 산에서 떨어졌답니다. 다리를 다쳐 세 멧돼지는 어찌할 수 없었죠. 그러던 중 두 사람이 다가옵니다. 한 사람은 수리공, 한 사람은 영감님이었죠. 두 사람은 다친 멧돼지들을 도와주기로 합니다. 다친 곳을 고쳐주고 다시 재활할 수 있도록 각자의 집에서 보살핌을 준다고 했죠. 그래서 한 멧돼지는 비교적 좁은 수리공, 두 멧돼지는 넓은 영감님의 집으로 갔답니다.

그런데 영감님은 성격이 괴팍한지라 멧돼지를 호되게 보살폈지요. 온갖 욕을 하면서요. 그러니 두 멧돼지는 겁이 나고 위축되었답니다. 그렇다고 영감님이 멧돼지를 싫어하지는 않았답니다. 거칠게 채찍질을 하면서 강하게 키우려는 것이었죠. 멧돼지의 약점을 주로 욕하며 올바르게 걷는 법을 가르쳤답니다. 거친 환경에 적응하도록요. 제대로 하지 못한 날에는 먹이도 조금 주었죠.

그러다보니 한 멧돼지는 드디어 지쳤는지 문을 박차고 뛰쳐나갔답니다. 더 이상 이렇게는 살 수 없다고요.

차라리 따뜻하게 잘 키워 주는 수리공에게 가기로 했죠. 수리공에게 간 멧돼지가 매일 자신은 따뜻함으로 보살핌을 받았고 필요하면 자연으로 되돌려 주겠다는 약속도 받았다고 했으니까요.

그래서 한 멧돼지는 수리공의 집으로 갔었고 영감님은 나약한 녀석이라며 내버렸지요. 그렇지만 영감님의 집에 남아 있던 멧돼지는 여전히 있었답니다. 영감님은 자신을 호되게 대하지만 자연으로 돌아가기 위한 과정을 잘 알려 주니까요.

그렇게 영감님의 집에 있던 멧돼지는 재활을 끝내고 다시 자연으로 돌아갔답니다. 참으로 따뜻한 이야기지요? 그런데 여기서 반전이 있습니다. 그 멧돼지가 자연으로 돌아가는 날 멧돼지고기 냄새가 나지 뭡니까? 멧돼지가 산에서 수리공의 집을 보자 자신의 친구들과 몸집이 비슷한 바비큐를 보았답니다.

두 멧돼지들은 거짓된 달콤한 말과 맛있는 먹이에

스스로를 바쳐 결국 수리공의 먹이가 되었답니다.

참 재미있는 소설이죠? 책을 읽으면서 우리는 단순히 읽는 것만 아니라 여기서 교훈을 얻어야 합니다. 이 소설이 우리에게 주는 교훈은 무엇일까요? 거짓에 속지 마라? 남을 믿지 마라?

모두 다 맞는 이야기입니다. 그렇지만 저는 이 책을 나에게 조금 더 적용시키고 싶네요. 이 소설의 핵심은 먹이를 주면 누구나 나에게 달려온다는 겁니다. 그 대상이 부유하거나 가난하거나 변하지 않아요. 조금 더 생각을 해보면 이 먹이라는 것은 단순히 먹을 것만 생각하면 안 되는 겁니다.

권력도 하나의 먹이이지요. 가난한 자들에게는 먹이를 부유한 자들에게는 권력을 쥐어준다면 누구나 나에게 충성을 다할 것입니다. 스스로가 정의로운 생각에 차 있거나 줏대가 있어 변하지 않는 사람이라도 먹이가 눈앞에 있다면 이야기는 달라집니다.

아주 지식이 뛰어난 사람이나 군중들이 칭송하는 자라도 별 차이는 없어요. 그들이 정말 사후에 평판을 생각하면서 자신의 일을 할까요? 몇몇은 그럴 수도 있지만 다수는 그렇지 않아요. 그저 눈앞의 먹이를 보면서 행동을 한답니다. 그들도 먹고살아야 하는 존재니까요.

인간과 동물은 모두 같은 존재이지요. 먹이를 주면 머리를 조아리고 나를 쫄래쫄래 따라온답니다. 그래서 우리는 계속 권력을 유지할 수 있어요. 세상의 모든 집단에 먹이를 주면 되니까요. 나의 권력을 일부만 분배하면 되는 것입니다.

집단에 먹이를 주세요. 아니지요. 모두에게 주지 마세요. 그 중 가장 최고의 권력을 가진 한 개인에게 먹이를 주면 됩니다. 굳이 모든 사람들에게 돈을 많이 써 가면서 낭비할 필요가 없습니다.

세상에는 많은 집단이 있어요. 그 중에 어떤 집단은

사회적으로 영향이 큰 모임이죠. 약자를 보호하고 정의를 추구하는 집단이 있어요. 마치 저희와 같죠. 옳은 사회를 만들고자 하는 집단이요. 그들에게 많은 지원을 하세요.

세금으로 그들에게 지원을 하는 것은 누구도 딴지를 걸지 않습니다. 왜냐? 정의로운 일을 하는 데 반대하면 그들은 바로 나쁜 사람이 되니까요. 오히려 제가 돌을 던지라는 글이 쓰인 액자를 반대자에게 달아주면 군중들이 알아서 그들에게 돌을 던질 것입니다.

그렇게 그 집단들을 지원하면 그들은 나의 충실한 호위병이 되는 것입니다. 제가 어떤 잘못을 해도 그저 조용히 있지요. 제가 조금이라도 필요하면 그들은 나를 도와줄거고요. 정의를 내걸고 나를 도와주는 그들에게 그 누구도 욕을 할 사람은 없습니다.

이것은 비단 단체뿐만이 아니에요. 학교의 단체, 언론의 단체도 모두 포함입니다. 그들을 모두 먹이로 나의 편을 만들 수 있어요.

학교와 언론은 당신의 가장 큰 지지자들입니다. 그들만 있다면 당신은 무서운 것이 없어요. 학교는 나를 위한 새싹을 기르는 곳이고 언론은 나를 아름다운 진실로 만들어 주니까요. 나를 위한 미래는 학교가, 나를 위한 현재는 언론이 만들어 줍니다. 이 두 곳은 정말 중요합니다. 꼭 알고 계세요.

이제 당신의 차례입니다. 무슨 일로 찾아 오셨나요? 네, 네. 아, 저런. 그렇지요, 이해합니다. 저라고 당신과 별반 다르지 않아요. 힘들었습니다.

당신이 슬럼프에 빠지듯 저도 역시 그랬지요. 권력을 잡기 위해 분투하고 목숨을 바쳐 노력했는데 막상 가지면 그렇게 기쁜 것 같지도 않고 이제 목표가 사라져 더 이상 창의적인 생각이 나지 않아요. 약간 허무하다고 해야 할까요.

무언가를 가지기 위해 열심히 노력해야 하는 것도 맞지만 그것을 가지고 난 뒤에도 생각을 해야 한단 말입니다. 그 뒤 시간에 대해 생각을 해야 하는 것이 에요.

당신은 권력을 가졌지만 그것에 대해 어떻게 유지할지 잘 모르는 것 같군요. 제가 생각을 조금 도와드리겠습니다.

우리가 권력을 잡을 때 군중의 혼돈을 이용했다는 것은 이미 해 봤으니 아실 겁니다. 그러면 다시 그 방법을 이용하는 것이에요. 우리가 권력을 계속 잡도록 하는 것이죠.

혹시 그리스 로마 신화를 보셨습니까? 아마 읽지는 않아도 들어는 보았을 겁니다. 아주 유명한 신화이죠. 우리 생활에 아주 밀접한 관련이 있는 고전입니다.

이 신화에 가장 높은 신인 '제우스'와 그의 부인 '헤라' 라는 여신이 있습니다. 신화에서 제우스가 1등이고 헤라가 2등이라고 생각하시면 되겠습니다. 2등이지만 가장 강력한 여신이죠. 모든 신들이 그녀 앞에서는 작고 약한 존재랍니다. 심지어 제우스라는 신도 그녀 앞에서는 한 마리의 작은 쥐가 되어버리지요.

헤라가 어떤 여신인 줄 아십니까? 아름답고 기품이 있으면서 지혜가 있는 여신입니다. 여신 중 최고답게 모든 것을 갖추었죠. 그런데 한 가지 문제가 있지요 바로 질투의 여신이라 불릴 정도로 질투가 아주 강하다는 것이에요.

질투는 가장 높은 여신인 헤라도 어찌할 수 없는 성품이라는 것이죠. 그와 동시에 질투는 가장 강한 힘을 가진 인간의 감정이자 기본적인 느낌이 아닐까요? 그리스 로마 신화를 만든 사람은 아마 인간의 질투는 가장 기본적이고 가장 높은 힘을 가진 본성이라고 파악한 것일 거에요. 사돈이 땅을 사면 배가 아프다는 속담도 제 주장에 뒷받침이 되어주죠. 질투는 인간과 떼

려야 뗄 수 없는 본성입니다.

이 감정을 이용하면 우리는 헤라와 같이 강한 힘을 가질 수 있답니다. 질투를 어떻게 이용하느냐. 인간세상에는 유전적, 환경학적, 생물학적으로 당연한 차이가 있습니다. 그래서 모두는 다르게 생활을 하는 것이죠. 차이가 있지만 각자가 맡은 일을 하며 충실하게 살고 있죠. 보통은 다들 순응하고 살아가는데 우리는 이 차이를 차별로 만들어야 하죠. 그것이 저의 정치 생활에 있어 큰 도움이 되니까요. 가장 기본 바탕입니다.

사람들로 하여금 차별을 느끼도록 만들어야 합니다. 모든 일에 있어 불편한 시선으로 봐야합니다. 내가 어떤 이익을 받지 못하는 것은 차별 때문이라면서요. 스스로가 힘이 약해 무거운 것을 들지 못해도 힘이 약한 차별, 암기를 잘하지 못해 지성을 쓰는 일을 못 해도 차별. 모든 것에 차별을 부여하세요.

능력이 없어 일을 못 하거나 돈을 못 버는 것이 아니

라 단순하게 차별이라 느끼게 하세요. 나의 사상도 사실 여기서 시작됩니다. 내가 못난 것은 저놈이 잘나서라고. 그리고 저놈은 나의 것을 빼앗았다. 그러니 내가 저놈의 것을 빼앗는 것은 정당하다.

그러면 이제 모두는 신이 난 도둑들처럼 상대의 권리를 빼앗습니다. 그것이 올바른 행동이니까요. 이미 빼앗긴 것을 다시 빼앗는 행동이니 올바릅니다. 그때는 내가 나서서 한 집단의 권리를 앗아갑니다. 규율로 정당하게요. 그 권리는 이제 나의 것이 돼죠.

모두가 화가 난 상태로 서로가 서로의 권리를 빼앗으면 결국 나중에 그들은 평등해 집니다. 스스로의 모든 권리는 나에게 위임하고요. 그리고 아래에서 수많은 사회의 짐을 지고 살아가는 것이죠. 누구도 그 짐을 벗어던질 수는 없습니다. 그것은 사회의 의무에 대한 위반이므로 즉각 사회에서 사형입니다.

제가 몇 분 전 말한 단체들, 집단들을 이용하세요.

그들의 큰 목소리는 곧 여론입니다. 일반 시민들은 대게 침묵을 하지만 그들은 쩌렁쩌렁한 목소리를 내지요. 아주 강력한 무기를 가진 나의 호위 무사들입니다. 한 개인, 한 집단을 전복시킬 수 있어요. 어찌할 수 없게 만든답니다. 미래에 자신도 권리를 빼앗긴다는 것을 모른 채 흥분해서 남들의 권리를 빼앗습니다.

나에게 반대하는 자들을 좌표를 찍어 명확하게 지적하세요. 그러면 그들이 당신을 위해 온몸을 바칠 것이니. 왜냐고요? 만약 당신이 힘들어지면 그들에게 먹이를 많이 줄 수 없게 됩니다. 모든 동물은 자신의 것을 빼앗기기 싫어하거든요. 그런데 공격하는 사람들이 그렇게 만들어 자신의 것을 빼앗는다? 배수진을 치는 느낌일 겁니다. 그러니 당신을 위해 열성을 다하죠.

당신은 그저 당신을 공격당한 대상에게 이름만 붙여주면 되는 것입니다. 이름을 붙인다는 것은 명확한 표적을 만든다는 것입니다. 총을 쏠 때 과녁을 향해 정확하게 쏘는 것처럼 당신은 과녁을 설정하면 되는 것이에요. 추상적인 다수를 설정해서는 안 됩니다. 그것은 텅 빈 하늘을 향해 화살을 쏘는 거밖에 되지 않아요. 구체적이고 명확하게 이름을 붙여주세요. 그것이 신조어라면 더욱 좋지요.

그들의 특성을 내포하고 잘 표현되는 단어, 짧지만 강렬한 인상을 줄 수 있는 것으로요. 단어가 그들의 생각에 박히도록 획기적인 것으로요. 그러면 그 단어는 혐오의 단어가 됩니다. 단어를 듣기만 해도 분노가 치밀어 오르도록 하는 것이지요.

단어, 즉 언어죠. 이것을 제대로 아는 것은 정말 중요합니다. 언어를 알아야 생각을 지배할 수 있으니까요. 허무맹랑하다고요? 어허, 잘 생각해 보세요.

우리의 생각은 머릿속에만 있는 추상적 사고로 존재합니다. 그리고 그것을 밖의 현실로 내보내기 위해서는 언어가 필요하지요. 언어는 생각을 만드는 하나의 틀입니다. 그러면 그 틀을 우리가 조금 변형해 준다면 요? 사람들은 틀에 맞게 언어를 구상하기 위해 생각을 바꿉니다. 나의 뜻대로요.

예를 들어서 설명해야겠군요. 내가 강가에 폐수를 버렸다고 합시다. 그리고 폐수의 잔해를 동물들이 보았다고 해보아요. 그러면 그들은 잔해를 보고 스노볼의 폐수라고 생각하겠지요? 그러면서 이름을 붙일 겁니다. 스노볼 폐수, 돼지 폐수라면서요. 폐수를 보고 나를 생각하는 것이에요.

그런데 내가 만약 저 폐수를 보고 공식 명칭을 바꾼다고 해봅시다. "내가 버린 폐수는 앞으로 '강가 폐수'다. 왜냐하면 강에 있기 때문이다."라고 합시다. 처음에는 단어가 정착하기 어려울 수 있어요. 그렇지만 계속 그 단어를 노출시켜 사용하도록 한다면 어떨까요? 이제 동물들은 그 폐수를 보고 강가폐수라고 말할 거에요. 그러면서 나에 대한 생각은 잊어버립니다. 나와 폐수의 연결고리는 이제 끊어졌어요. 나는 이제 자유를 얻고 책임을 회피한 것입니다. 폐수를 버린 것은 나의 잘못이지만 신조어를 만든 이후부터는 나의 잘못이 아닙니다. 족쇄를 벗어나 이제는 떨어지기 직전의 작은 하나의 꼬리표만 남은 것이지요.

그런데 이 단어를 만들기 위해서는 일단 당신이 권력을 가져야 합니다. 그래야 단어를 널리 사용할 수 있거든요. 법제화하세요. 법으로 규율을 만드세요. 법이라는 것은 인간들이 정의를 구체적으로 만든 하나의 책이지요. 그런데 재밌는 것은 그 법은 상황에 따라 개정이 가능하다는 것이죠. 권력을 가진 쪽에게. 이 말은 무엇입니까? 법이란 권력을 가진 사람이 자신을 보호하기 위해 정의의 여신의 이름을 따서 만든 하나의 방패라는 것이죠. 법은 그러니까 권력을 가진 당신의 것이라는 겁니다. 그리고 정의도요.

그런데 이 법을 개정하기 위해서는 필요한 것이 하나

있죠. 정의로워 보여야 한다는 것입니다. 무차별적으로 하면 반발이 엄청난 것이에요. 같은 편도 등을 돌릴 수도 있고요. 그래서 법은 정의로워 보이지만 실은 나의 마음대로 될 수 있도록 만들어야 합니다. 실제로 내가 했던 헛간에 대한 규제가 예시겠지요.

당신은 왕국을 만들었나요? 그러면 법에 대한 변경이 더 쉬울 텐데요. 왕국이 아직 아니라고요? 아쉽군요. 그러면 당신의 일에 반대 진영들이 자꾸 발목을 잡을 텐데요. 당신의 일에 있어 무조건적인 반대를 할 겁니다. 그들의 월급을 올리는 것만 제외하고요. 간악한 자들. 자기 잇속만 챙기는 것은 어느 나라 어느 정치인이나 같습니다.

그들이 당신을 계속 반대하니 참 고민이시지요? 걱정하지 마세요. 그 천벌받을 것들은 우리 앞에서 하나의 작은 털끝밖에 되지 않습니다. 당신이 조금만 생각한다면 그들을 무찌르는 것은 쉬울 거에요.

만약 당신의 일에 그들이 반대를 한다? 그러면 그 힘을 역이용하세요. 아주 쉬운 방법입니다. 왜냐? 우리는 사회로부터 약자들의 편이니까요. 정의의 편이라는 겁니다. 감히 정의인 나를 공격한다? 오히려 자신이 공격당하는 일이 되지요.

만약 이성적으로 상대의 공격이 옳다고 합시다. 그렇다면 이를 파훼해야지요. 상대의 말에 논점을 흐리는 겁니다. 가령 이 법안에 대해 물고 늘어진다 그러면 토론의 쟁점이 아닌 것으로 논점을 흐리세요. 당신은 이번에 이렇게 하지 않았느냐라고요.

당신의 부동산 정책에 반대를 하는 상대방이 있다고 합시다. 상대방은 이런저런 이유를 들면서 반대할 겁니다. 그러면 당신은 말하세요. "너는 부동산을 얼마나 가지고 있냐. 얼마나 이득을 보아서 사람들을 힘들게 했냐. 세법은 제대로 지켰느냐?"라고요.

이 방법은 간단하지만 효과가 커요. 상대방이 탈세

를 했다면 그 공격은 효력이 없고 적법하지 않아도 조금만 이득을 보았다면 그걸로 말할 자격이 없다는 것이 인증됩니다. 심지어 가격이 높은 부동산을 가지고 올바른 절차를 했어도요. 제가 아까 말한 질투를 시민들이 스스로 강하게 느끼니까요. 그리고 제가 말한 단어로 낙인을 새겨서 그 굴레에 빠져나오지 못하도록 하는 것입니다. 제 이런 훌륭한 생각을 당신도 잘 따를 거라 믿습니다.

아, 저기보세요. 여기 창문으로요. 저기 보이시죠? 제 후배랍니다. 제가 나이가 들어 후배를 미리 지정했죠. 사실 제가 지금까지 말한 것들은 단순히 저 혼자만의 생각이 아니에요. 저의 훌륭한 후배의 생각도 있죠. 왕궁이 있고 임금이 있지만 혼자서 큰 나라를 운영하는 것은 힘이 들어요. 가능하지 않죠. 그래서 아래의 신하들과 함께 의견을 공유하고 더 발전된 상황을 만들어야 합니다.

제 후배도 저의 생각에 큰 도움이 된 동물인데요. 참
으로 무자비합니다. 가끔 보면 저보다 더 교활하다니
까요. 냉혹하고 가차없습니다. 자신이 하고자 하는 일
에 막힘이 없어요. 자신의 길 앞에 큰 돌이 막고 있다?
그러면 그 돌을 부수어 버립니다. 자신이 지나갈 정도
만 부수면 되는데 흔적도 없이 부수어서 버리고 마는
것이죠. 그리고 세상에 다시는 그 돌이 없도록 하는
친구입니다.

그런데 앞에 돌이 아닌 단단한 콘크리트가 있다? 너
무 단단하고 강해서 깨지지 않는다? 그러면 돌아가는
친구예요. 강한 것에게 약하고 약한 것에게 강한 친구
입니다. 이 부분은 조금 아쉽지만 엄청난 열정과 추진
력을 가진 친구예요. 나보다 더 건실하게 왕국을 만들
동물이랍니다.

이 친구를 보면서 생각한 것 중 좀 특이한 것이 있는
데 같은 동물을 싫어한다는 것이죠. 왜 그러는지는 모

르겠습니다. 물론 저를 좋아하기는 하지만 반대하는 동물들은 혐오해요. 아마 위선적이고 가식적인 우리의 모습을 너무 많이 봐서일까요? 그래서 그런지 그 친구는 꽃과 나무를 참 좋아합니다. 꽃과 나무를 보호한다는 규율을 만들 생각도 하고 있어요. 말 못하고 자신에게 저항을 하지 않고 늘 화사하게 웃어주는 식물들이라서 그런 것 같습니다. 순응하는 존재에게 자신의 마음을 열어주는 친구이죠. 자신보다 지위가 낮은 약한 것들을 좋아하는 친구랍니다.

우리는 이러한 마음을 배워야 합니다. 모두 가진 것들을 부러워하고 동경하지요. 그렇지만 잠시 눈을 다른 곳으로 돌려 사회로부터 중요한 위치에 있지 않아 관심을 비교적 받지 못하는 것들에 눈길을 줘야 합니다. 저의 공감과 연민은 여기서부터 시작되었습니다.

연민이라는 감정은 참 우습지요. 다른 존재에 대해 공감하고 도와주고자 하는 선한 마음입니다. 그러나 그에 대해 자세히 들여다보면 사실 그것도 나의 이기심에서 비롯되는 것 같아요. 생각을 해보세요. 우리가 부유하거나 권력을 가진 사람에게 연민을 느낀 적이 있습니까? 나보다 지위가 높거나 힘을 가진 사람에게는 연민을 느끼지 않아요. 강한 자들의 불행은 그저 한낱 기삿거리랍니다. 기껏해야 그들의 불행으로 우리에게 어떤 영향이 있는지만 떠들지요.

그렇지만 자신보다 힘이 약한 자들에게는 어떻니까? 강한 연민을 느끼고 도와주고 싶어하는 것이지요. 그들의 불행은 누구보다 쉽게 슬픔을 느끼고 안타까워합니다. 그리고 약간의 죄책감도 느끼죠. 자신의 방관으로 인해 도움을 주지 않아 생긴 일이라면서요.

저기 길가의 가난한 자들이 돈을 구걸하는 것을 생각해보세요. 참으로 딱하지 않습니까? 이 마음으로 그들에게 돈을 주면 우리는 스스로 대단하다고 생각하는 것입니다. 자신은 선행을 했고 마음 한쪽이 따뜻해지는 것을 느꼈다고.

그렇지만 그것은 그저 본인의 심리적 위안을 얻기 위한 자기 속임수이지요. 그들에게 자신의 것을 조금 나눠주고 얻는 우월감을 선하다고 생각하는 것이지요. 기본적인 생각은 도움받는 사람들이 자신보다 낮은 지위에 있다는 전제를 기본으로 한 행동입니다. 이 행동은 하느님의 가르침을 성실하게 이행하는 정당한 존재라고 증명하는 하나의 방편이고요. 스스로 자랑하고자 하는 하나의 과시방법이지요.

그렇지만 선하게 보이고자 하는 마음은 우리에게 필요합니다. 그것이 세상을 따뜻하게 만들어주니까요. 그렇지 않으면 우리 세상은 얼어붙은 극지방보다 더 차가운 세상이 되어버리고 맙니다. 온기라는 것은 어느 정도 천사와 악마가 공존하는 마음으로 하는 것이에요. 이 세상 완전한 선은 없답니다. 다만 마음속에 어떤 천사를 모시고 있는지, 그리고 그 영향이 얼마나 되는지가 중요한 것이지요.

제가 잠시 다른 이야기를 했군요. 요즘 생각이 많아 그랬답니다. 용서하십시오. 무엇을 보고 계시나요? 눈썰미도 좋으셔. 휴의 일기를 보고 계시는군요. 제가 이야기했죠? 휴는 나와 생각만 같다면 나의 훌륭한 책사가 될 것이라고. 참으로 똑똑한 동물입니다. 그는 죽어서도 저에게 많은 생각을 주는 존재이지요.

여기 앉으세요. 휴의 일기는 나로 하여금 많은 것을 깨닫게 해준답니다. 휴는 죽었지만 그의 생각은 여기 살아있답니다. 온전하게 고스란히요. 참 대단한 동물입니다. 이런 것은 언제 생각하고 썼는지요. 짧은 글이지만 많은 의미가 있고 다양한 생각을 할 수 있어요. 이것 좀 보세요.

　　　스노볼이 두려워하는 것은

　　　진실, 영웅 그리고 역사다

왜 그러십니까? 사람들의 거센 비판이 두렵다고요? 그것이 왜 두렵습니까. 사람들의 비난은 한낱 소음밖에 되지 않습니다. 어차피 다들 당신보다 아랫사람들이고 그들이 당신의 권력을 가져가진 않을 텐데요. 그들이 뭐라 하든 당신은 자신의 권력만 지키면 됩니다. 권력을 모두 차지하세요. 그러면 나중에 거슬리는 것들은 그때 심판할 수 있어요. 당신의 손짓 하나에 그들의 목숨이 왔다갔다 할 수 있도록 권력을 가지세요. 당신이 두려워하는 것은 오직 휴의 글에서 볼 수 있습니다.

저는 이 문장을 읽고 참 많은 생각이 들었습니다. 진실. 그것은 단순한 사실이 아닙니다. 참된 사실과 올바른 평가가 합쳐진 것이지요. 그래서 동물들에게 밝히기 싫어하는 나의 사실, 그에 대한 그들의 비판적인 평가입니다.

나의 위선, 정의로워 보이지만 나의 본심이 하는 행

동, 내가 숨기고 싶은 일들, 알려지면 나에게 죽음을 주는 사실들이 진실이지요. 세뇌는 진실을 속이는 것에서부터 시작합니다. 대중들이 진실을 알면 큰 반란이 일어납니다.

그러니 대중들이 알 수 있는 사실들을 제한해서 그들의 생각을 멈추게 만들어야 합니다. 생각을 할 수 없게 정보를 아무것도 제공하지 말아야 해요. 그들이 생각을 하면 정말 큰일이 납니다.

그들은 나의 앵무새 장난감이 되어야 해요. 내가 원하는 말만 따라하고 내가 원하는 대로 움직일 수 있도록요. 내가 나쁘다고 하면 나쁘다고, 옳지 않다고 하면 옳지 않다고 해야 해요. 만약 그들이 스스로 생각이라는 것을 하면 나의 말을 거스르고 반항을 할 겁니다. 그러니 대중은 꾸준하게 진실을 알아서는 안 되고 또한 날카로운 지성을 가져서는 안 됩니다. 교육도 제한하고 모임과 토론도 제한하여 생각이 더 나은 곳으로

가려는 길을 막아야 합니다.

영웅은 또 어떤가요. 본디 큰불은 작은 불씨에서 일
어나는 것입니다. 그래서 초기 진압이 중요한 것이지
요. 작은 불씨가 점점 힘을 얻고 주변의 땔감으로 번져
져 몸집이 커지면 그때는 걷잡을 수 없어요. 영웅이라
는 것은 그러한 하나의 불씨라는 뜻입니다. 나에게 반
대하는 하나의 동물이지요. 나에게는 영웅이 아니지
만 휴의 입장에서는 영웅이지요. 그 동물은 나를 반대
하면서 동물들에게 세뇌를 시킬 것입니다. 나는 잘못
되었고 나는 틀렸으며 나를 무찔러야 한다고.

그러면 그와 생각을 함께하는 동물이 전염병 같이
주변에 생기겠죠. 주변의 동물은 다시 그 주변의 동물
을 세뇌시키고 그것이 계속 이어지면 막을 수 없는 하
나의 집단이 되어버립니다. 심각한 것은 거기서 더 나
아가면 다른 농장의 동물과 사람까지 그 집단에 동참
하도록 한다는 것이에요. 그러면 나는 그것에 휩쓸리

게 되어 흔적도 재도 없이 없어져 버리겠죠.

　마지막에 쓰여 있지만 제가 가장 두려워하고 신경 쓰이는 것은 역사입니다. 진실로 기록되는 역사죠. 역사를 조심스럽게 다룬다는 것은 현재 나의 권력에 이미 신물이 났다는 것이죠. 한 동물이 모든 것을 가져 무료할 때는 눈이 어디로 갈까요. 자신이 더 이상 가지는 것에 큰 의미를 깨닫지 못할 때가 된다면 이제는 자신의 평판과 지위를 생각한답니다. 명예가 그들의 최후를 만족시킨다는 것이죠.

　죽음이 얼마 남지 않은 동물은 자신의 부를 과시하거나 가지고 갈 생각이 없습니다. 돈이 많다면 기껏해야 자신의 무덤 자리를 온갖 아름다운 치장품들로 꾸밀수는 있겠죠. 그렇지만 죽음 앞에서 그들이 자랑할만한 것은 그들의 명예이며 자신의 발자취입니다. 그것들만 있다면 우리는 죽음도 두려워하지 않을 수 있습니다.

나의 명예는 영원하고 싶은 욕구가 있어요. 나의 삶은 유한하고 목숨이 다하면 덧없지만 나의 명예는 늘 빛나고 있습니다. 지지 않는 태양과 같으며 밤을 비추는 별과 같이 빛나고 영원하며 나를 살아 있게 만들죠. 그 햇빛 속에서 나는 후손들과 함께 영원히 살 것입니다. 오로지 후손들은 나의 후광에 힘입어 힘차게 농장을 이끌어 나가면 되는 것이지요.

그런데 역사는 승자의 기록입니다. 악마와 천사가 싸워 악마가 이긴다해도 악마는 선이 될 것입니다. 전쟁의 정당성은 악마의 입맛대로 바뀔 것이고요. 악마는 천사의 승리를 막고자 정의롭게 싸운 존재들이 될 것입니다.

그래서 저는 농장을 저와 반대하는 세력들에게 넘길 수 없어요. 그들이 이겨 농장을 되찾는다면 저는 농장 역사상 희대의 악당이 될 것이니까요. 저는 길거리 쓰레기처럼 그들에게 치여서 짓밟힐 겁니다. 그렇지만 그래서는 안되지요. 아주 나쁜 현상입니다. 저는 이러한 현상이 일어나는 것을 막아야 하는 의무가 있습니다. 저의 명예를 지키기 위해서. 반대 세력에게 진다는 것은 나의 평판의 반짝임이 소멸하여 부정만이 남는, 용서하지 못하는 행동일 겁니다.

아까 제 후배를 보았지요? 그 녀석에게 나의 역사를 부탁했지만 약간은 미심쩍어요. 신뢰를 충분히 받지 못했습니다. 그래서 멧돼지들에게 농장을 넘길 생각을 하고 있어요. 멧돼지들에게 농장을 조공하는 것이죠.

아니지요. 농장을 바친다기보다는 농장을 멧돼지들에게 귀속시키는 것이지요. 전쟁에서 패배를 함으로써 자연적인 아래농장이 되는 겁니다. 전쟁이라고 단순히 때리고 물어뜯는 무력을 생각하면 큰 오산입니다.

전쟁이라는 것은 극심한 대립도 전쟁입니다. 당장 식량도 전쟁이요, 에너지도 전쟁이지요. 동물의 살 수 있는 모든 것에 대한 것은 전쟁입니다. 이긴 동물이 모든 것을 가지고 진 동물은 그것을 구걸하는 것이죠.

우리 농장의 경우 외부와 교류가 없다면 스스로 자립을 할 수 없어요. 외부에서 수입을 하지 않으면 우리는 모두 굶어 죽을 겁니다. 기껏해야 전기 정도만 우리가 만들 수 있습니다. 심지어 그마저도 내가 풍차를 부수어서 부족하죠.

그런데 전기도 끊기고 식량도 끊기면 우리는 당장 어딘가에 속해야 합니다. 자립할 수 없는 외딴 섬이 되어 버리니 섬을 잇는 길을 만들어야지요.

그 때 우리 농장의 앞에 멧돼지가 나타나는 겁니다. 가난한 농장을 구해줄 우리 멧돼지가요. 빛을 내면서 선한 미소로 따뜻한 손길을 내밀면 그 누가 반하지 않겠습니까? 우리가 돈에 머리를 조아리듯 동물들은 굶주림에 힘을 잃고 머리를 숙이는 것이지요.

당연하지만 멧돼지는 공짜로 해주지 않습니다. 세상에 공짜는 없어요. 반드시 대가는 있습니다. 보이는 대가는 없지만 시간이 흐르면 그 대가가 나타나게 마련이지요.

저는 멧돼지에게 대가로 농장의 권리를 위임해야죠. 그에 맞는 규율을 제정하도록요. 농장의 근간이 멧돼지에게 속하도록.

가난한 멧돼지가 어떻게 그러냐고요? 걱정하지 마세요. 제가 풍차를 세워주고 많은 지원을 해서 이제 저희보다 평등하게 잘 사니까요.

놀랍게도 휴는 내 마음을 어떻게 알았는지 이렇게 말하더라니까요.

나는 차라리 스노볼이 독재면 좋겠다는 마음이 있다. 독재는 농장이 자신의 것이니 이를 부강하게 키우려고 할 것이다. 그러나 스노볼은 농장을 멧돼지에게 건네려고 한다. 그가 멧돼지에게 어떠한 약점을 잡혔는지 정말로 멧돼지를 사랑하는지는 알 수 없다. 그러나 그는 농장을 자신의 이익을 위해 물건 팔 듯 넘길 것이다. 그 기간은 20년이 채 되지 않을 수도 있다.

동물들의 무관심 후에는 결과는 참혹할 것이다

네, 맞아요. 지금은 농장이 나의 것이지만 이제 멧돼지에게 넘길 것이니까요. 이제 저의 큰 역사를 위해서, 그리고 역사를 만드는 데 있어 문제는 없습니다. 발목 잡는 것도 없어요.

그런데 휴의 글은 조금 마음에 걸립니다. 가슴 한편에 남아있어요. 떨어뜨리고 싶어도 떨쳐낼 수 없어요.

스노볼을 물리치기 위해서는

모든 동물이

관심을 가지고

이성적으로 생각하며

행동으로 옮겨야 한다.

내부와 외부가 함께

스노볼의 함정에 빠지지 않기 위해서는

왜? 라는 생각을 먼저 해야 한다.

그 생각은 작지만 거대하고 용감한 행동이다.

　마음에 걸리긴 하지만 다시 읽으니 참으로 웃깁니다. 나에게 관심을 가지며 이성적으로 생각하고 행동하는 세 가지 능력을 모두 갖춘 동물이 있을까요?

　막상 이 글을 쓴 휴도 실제로 나에게 어떤 행동을 하지는 않았어요. 그저 짖어대기만 했을 뿐이죠. 참으로 가소롭습니다. 나를 해하는 글도 썼지만 밝혀지지 않았으니 한 일이 아니지요. 칼을 뽑았으나 아무것도 벤 것이 없는 상황입니다. 칼의 내부와 외부가 날카로워도 쓸모없는 것이에요.

　행동하는 것은 참으로 힘든 일이니까요. 자신의 행

동이 정당하고 당위성을 갖추기 위해서는 그 옆 동물
도 자신을 지지하고 힘을 실어줘야 하는 것이거든요.
그래야 자신이 조금 더 용기를 얻고 당당하게 나설 수
있으니까요. 개인보다는 집단이 조금 더 정당해 보입
니다. 정말 옳은지는 모르지만 제3자의 시선으로 볼
때는 그렇습니다.

길거리에 한 사람만 하늘을 본다면 사람들은 길을
막는다며 불쾌해 하면서 피하지만 다섯 명 이상이 하
늘을 본다면 지나가는 사람들도 갑자기 하늘을 봅니
다. 어디 무언가가 하늘에 있나 하면서요. 실제로 아무
것도 없어도 같이 하늘을 보며 무언가를 찾았다며 스
스로 놀라곤 하지요. 스스로에게 뿌듯하기도 하고요.

휴가 말한대로 정말 저에게 관심을 많이 가질 동물
이 있을까요? 어떤 한 대상에 극단적으로 관심이 있다
는 것은 두 가지입니다. 그 대상을 정말로 좋아하거나
또는 죽일듯이 싫어하거나.

관심은 땅에 떨어진 동전의 양면과 같아요. 앞면이 거나 뒷면일 때 우리는 진정한 동전을 보게 되는 것이죠. 동전이 땅에 서서 하늘을 보고 있을 때는 우리도 제대로 된 것을 볼 수 없죠. 관심을 가지고 그것을 주워 진정한 모습을 보아야 그 동전을 이해할 수 있는 것입니다.

그런데 몸을 숙여 행동으로 동전을 집기 위해서는 생각과 노력과 용기가 필요합니다. 이 세 가지를 모두 가진다는 것은 힘들지요. 우리 몸이야 이 행동을 한 번에 일어나게 할 수 있지만 실제로 동물이 나를 물리치기 위해 이런 행동을 한다는 것은 참으로 어려운 일입니다.

저는 휴가 내부와 외부가 함께 관심을 가져야 한다는 것이 칼을 의미한다는 것인 줄 알았습니다. 칼을 내부에서 갈고 외부로 꺼내 휘두르는 것으로요. 그런데 곰곰이 생각을 해보았습니다. 제 생각도 일리는 있으나 조금 다른 해석을 할 수도 있지요.

아직도 그 일이 생각이 납니다. 우리가 함께 있었으니 당신도 알겠군요. 저번에 제 집에 왔었죠. 그 때 닭들이 인간의 도움을 받고자 길을 향했던 일을 기억하시나요. 그건 그들이 나를 물리치기 위해서 인간의 도움을 받으려 한 것이죠. 내부적으로 힘이 달리니 외부적으로 도움을 요청한 것입니다. 그 닭은 잡히고 나에게 발악을 하며 이렇게 말했지요.

"악마를 물리치기 위해서는 자존심이 필요하지 않다!"

나를 물리치고자 외부 강력한 인간들의 힘을 빌리다니 참으로 비겁하고 어리석습니다. 스스로 힘을 길러야지 인간들의 도움을 받는 것은 참으로 수치스러운 일이요, 자존심이 용납하지 않는 일이에요. 그런데 그것을 버리다니요.

인간의 도움을 빌린다면 그 인간은 도와준 대가로

닭을 산 채로 끓는 물에 집어넣을 겁니다. 그건 명백한 사실이지요. 저승으로 가는 것보단, 힘들어도 이승에서 사는 것이 훨씬 값질 텐데요.

휴는 글에서 대중에게 지혜를 가지라며 안달을 하고 있습니다. 생각을 하는 대중이야 말로 제가 가장 무서워한다면서요.

글에서 왜?라는 질문을 스스로에게 한다는 것은 세상 모든 일에 대해 비판적으로 사고하라는 것입니다. 간단하게 우리의 말에 세뇌가 되지 않고 스스로 여과하여 필요한 부분만 듣도록요. 모든 사건에 왜라고 묻는 것은 그 사건을 나의 마음에 들여와 스스로 정제하며 나의 것으로 만드는 과정입니다. 불필요한 나의 미사여구와 당장 느꼈을 감정을 모두 제외하고 이성적으로 접근하여 자신의 해석이 담긴 하나의 사실을 만드는 것이죠.

이러한 대중이 많다는 것은 우리가 통치하기 가장

어려운 상황이 되어 버립니다. 그들이 자신만의 생각을 가지고 행동을 하여 나의 이정표를 따라가지 않아요. 그들이 가는 길은 스스로 생각을 했을 때 옳은 길입니다. 나의 말은 참고 거리도 안 되는 아우성이죠.

그래서 모두의 '왜?'라는 질문은 작은 한 질문이지만 이것이 습관이 되고 모두가 이런 생각을 한다면 몰락은 빠르게 나를 향해 달려올 겁니다.

나는 휴의 글을 다시 생각하고 느꼈습니다. 그리고 온몸에 전율이 돋았지요. 단순한 글이지만 칼을 세운 글이었던 겁니다. 어쩌면 나의 숨통을 조일 글일 수도 있다는 생각이 들었고 미래를 예측하는 글일 거라는 직감이 왔죠. 그래서 저는 즉시 휴의 글을 모두 정독했습니다.

가면은 하나의 상징이다

날아가는 칼은 가면을 넘어 깊숙이 나아가야 한다

가면 뒤의 핵심을 향해서

개인의 자유는 책임으로

표현의 자유는 대화로

사회의 자유는 관심으로

이 말들이 도통 읽어도 이해를 할 수 없습니다. 당신의 경우 처음 보니 이게 무슨 소리인지 잘 모르시겠죠? 저도 그랬습니다. 답변을 애매하게 하는 신탁과 같아요. 처음에는 이게 대체 무슨 소리인지 혼자서 머리를 싸맸답니다. 아무리 똑똑한 저라도 세월이 지나면 녹슬기 마련이니까요. 옛날과 다른 저의 모습이 참으로 안타까웠습니다. 그래도 저는 계속 생각했답니다. 칼은 무엇인가. 가면은 무엇인가. 분명 휴는 대상을 비유한 것일 테니까요. 그리고 왜 찌르는 것인지 생각을 했습니다. 그러나 당최 무슨 말인지 이해가 되지 않았어요. 당신은 무슨 뜻인지 아시겠습니까? 어허. 그렇다고 저에게 답을 너무 요구하지 마세요.

당신도 어느 정도 지성을 가진 훌륭한 사람이지 않습니까? 그러니 스스로 머릿속에서 생각하는 능력이 있어야지요. 스스로 생각하는 능력이라는 것은 정말 중요한 인간의 능력이랍니다. 그런 능력이 없다면 당신은 외부에게 길들여지는 하나의 불쌍한 기계가 되는 것이지요. 남들이 지시하고 원하는 대로 말하며 행동하는 앵무새 같은 존재가 되어 버려요.

지금까지는 제가 조언을 해주었지만 이 조언을 너무 따르지는 말고 당신만의 하나의 세계를 만드세요. 답은 내가 내리는 것이 아니라 당신이 찾고 만들어 내는 것입니다. 누군가가 답을 내려 주지도 않고 답을 제시해도 그 답이 맞는 것도 아니지요. 답은 당신만이 찾을 수 있고 당신만이 적을 수 있으며 당신밖에 할 수 있는 사람이 없어요. 세상에는 다양한 변수가 많고 이를 헤쳐나가는 것은 당신입니다. 자신만의 투지를 불살라 이겨내세요. 걱정하지 마세요.

자! 어서가세요. 인간 세상으로 뛰어드세요. 인간 세상에 가서도 나를 생각하세요. 나는 언제나 그대의 머릿속에서 살고 있을 겁니다. 답이 나오지 않는 경우에는 머릿속 작은 한구석에 있는 저에게 물으세요. '스노볼이라면 어떻게 할 것인가? 스노볼은 이 위기를 어떻게 헤쳐 나가지?' 그러면 저는 활짝 웃으며 마음을 열고 그대에게 다가가 해결책을 제시할 겁니다. 그러니 걱정하지 마세요. 여기 나의 황금 배지입니다. 이 배지는 나의 상징이며 궁극적으로 나입니다. 언제나 가슴팍에 달고 마음속에 새기세요.

불합리한 돈이라는 것은 참으로 악덕한 것입니다. 우리는 이것으로부터 해방되어야 하지요. 돈으로부터 해방! 그것이 진정한 행복한 농장이 되는 길입니다. 평등이 숨쉬는 그런 농장이죠. 모든 동물들이 같은 일을 하고 같은 음식을 먹고 차별이 없는 것이죠. 그때는 모두가 신나 하며 소리를 지를 것입니다. 기쁨의 환호성을요. 해는 따뜻하게 우리를 반겨 주고 하늘은 우리의 눈을 총명하게 만들어 줄 겁니다.

그러나 유감스럽게도 우리의 의견을 대중은 이해하지 못할 겁니다. 당연한 것입니다. 본디 위대한 일에는 큰 반발이 생기기 마련이니까요. 그 반발은 시간과 공간에 제약을 받지 않아요. 한 무리를 억압하면 다른 곳에서 다시 튀어나오죠. 그러나 우리는 그것을 이겨내야 합니다. 아무리 힘든 것이라도 천천히 조금씩 나아간다면 어느샌가 우리의 업적은 이루어져 있습니다.

그러니 걱정하지 마세요. 당신이 노력한다면 분명 우리의 이상은 세워지게 될 것입니다. 나의 집을 나가면서, 나의 농장을 나가면서 당신을 축복하는 저 별들과 함께 생각을 나누세요. 그리고 총명해진 머리로 사회에 나가 그들을 이끄세요. 정치는 당신의 이상을 그대로 실현시켜줄 것입니다. 제가 기도하죠.

어서 가서 사람들을 깨우치세요. 그대는 할 수 있습니다. 그대가 어느 마을 어느 국가에서 어떻게 활동을 할지는 모릅니다. 내가 갈 수 없는 아주 먼 곳에 그대가 있을지 모릅니다. 다시 이동을 할 수 있고요. 그러나 저는 황금 배지와 함께 언제나 그대와 같이 할 것입니다.

누구나 당신을 탄압하고 배척할 것입니다. 그렇지만 그럴 때는 나를 생각하세요. 두려움을 이겨내고 용감함을 가지고 힘찬 발걸음으로 어디든 걸음을 내딛으세요. 그리고 모두를 이끄세요. 당신만의 천국을 만들기 위해서, 그리고 모두의 천국을 위해서. 불평등과 증오와 분열을 땅속에 깊숙이 파묻어 버리세요. 그러면 환한 햇살과 푸른 하늘은 당신에게 다가와 손을 건넬 것입니다. 그 손과 진정한 해방을 함께 하세요. 그 뒤에는 나도 역시 함께 그대의 마음속에 있겠습니다. 시간과 공간을 넘어서 당신에게요. 내가 축복하겠습니다.